雅众
elegance

智性阅读
诗意创造

聂鲁达情诗

Pablo Neruda

二十首情诗和
一首绝望的歌

Twenty Love Poems and
a Song of Despair

&

100首
爱情十四行诗

100 Love Sonnets

［智利］巴勃罗·聂鲁达　著
黄灿然　译

中信出版集团｜北京

雅众文化 出品

目 录

二十首情诗和一首绝望的歌

初版译序　003

新版译序　008

一　女人的肉体　011

二　光以其余焰缠绕你　013

三　啊，松林的辽阔　015

四　早晨充满风暴　017

五　为了使你听见　019

六　我记得你在去年　021

七　俯身于下午　023

八　白色的蜂　025

九　陶醉于松林　027

十　我们甚至丧失这个黄昏　029

十一　几乎掉出天空　031

十二　你的乳房　033

十三　我运用了　035

十四　每天你和宇宙的光　037

十五　我喜欢你默默无言　040

十六　黄昏时在我的天空里　042

十七　思索的、紊乱的阴影　044

十八　在这里我爱你　046

十九　柔软、棕褐色的女郎　048

二十　今夜我可以写出　050

绝望的歌　053

100首爱情十四行诗

新版译序　061

100首爱情十四行诗　063

早　晨

1. 玛蒂尔德　067

2. 爱人，到达一个吻的道路　068

3. 苦涩的爱人，带棘冠的紫罗兰　070

4. 你会记得那条任性的山溪　071

5. 我没有触摸你的夜晚　072

6. 迷失在森林里 074

7. "跟我来。"我说 075

8. 如果不是因为你的眼睛 076

9. 随着波涛击拍不驯的岩石 077

10. 柔软的是那美丽的人 078

11. 我渴望你的嘴巴 079

12. 丰满的女人,肉欲的苹果 080

13. 那从你脚尖升上你头发的光 081

14. 我没有足够时间来庆祝你的头发 082

15. 大地很早就已经认识你 083

16. 我爱这撮土地 085

17. 我爱你并不是把你当成一朵盐玫瑰 086

18. 你穿越群山如同一阵微风 087

19. 当黑岛壮丽的泡沫、蓝色的盐 088

20. 我的丑人,你是一颗头发蓬乱的栗子 090

21. 啊,让全部的爱在我身上宣传它的嘴巴 091

22. 爱人,多少次我爱你而看不见你 092

23. 火是光 094

24. 爱人啊爱人 095

25. 在爱你之前 096

26. 伊基克令人生畏的沙丘的颜色 097

27. 一丝不挂你朴素如你的一只手　099

28. 爱人，从种子到种子　100

29. 你来自南方家庭的贫困　101

30. 你有群岛上一棵落叶松的浓发　102

31. 我骨头的小君主　103

32. 其真实性被床单和羽毛弄乱　105

正　午

33. 爱人，现在我们就要去　109

34. 你是大海的女儿　110

35. 你的手从我的眼睛飞向白天　111

36. 我心爱的人，芹菜和揉面槽的皇后　112

37. 啊爱人　113

38. 你的房子轰鸣如午间的火车　114

39. 但是我忘了你的双手　115

40. 那寂静是绿色的　116

41. 一月的种种霉运　117

42. 绚烂的日子被海水平衡　118

43. 我在别人身上寻找你的迹象　119

44. 想必你知道我不爱你又爱你　120

45. 一天也不要远离我　121

46. 在所有被河流和云雾湿透了的　122

47. 我希望看见你在我背后的枝丫间　123

48. 两个快乐的恋人做一个面包　124

49. 这是今天，昨天已经坠落　125

50. 科塔波斯说你的笑声掉落　126

51. 你的笑声让我想起　128

52. 你歌唱　129

53. 这里有面包、酒、桌、住宅　130

下午

54. 辉煌的理性　133

55. 荆棘、碎玻璃、疾病和哭泣　134

56. 习惯于看到我背后那个影子　135

57. 他们撒谎　136

58. 在文学铁尖头的刀光剑影中　137

59. （G.M.）　138

60. 你被那个想伤害我的人伤害了　140

61. 爱情拖着它的痛苦尾巴　141

62. 倒霉的是我　142

63. 我不仅穿过荒原　143

64. 我的生命被这么多的爱染成紫色　144

65. 玛蒂尔德，你在哪里？　145

66. 我不爱你，除了因为我爱你　146

67. 南方的大雨降落在黑岛上　147

68.（船头雕饰）　148

69. 也许没有就是没有你在场　150

70. 也许通过你生命的一条光线　151

71. 从悲伤到悲伤，爱横越它的群岛　152

72. 我的爱，冬天返回它的营地　153

73. 也许你会记得那个锋利的男人　155

74. 被八月的水湿透的道路　156

75. 这就是那房子　157

76. 迭戈·里维拉以一头熊的耐性　158

77. 今天是今天　160

78. 我没有不再　161

夜　晚

79. 夜里，亲爱的，把你的心拴紧我的　165

80. 我从旅行和忧伤回来了　166

81. 你已经是我的了　167

82. 我的爱　168

83. 多好啊，爱人　169

84. 再次，爱人 170

85. 迷雾从大海奔向大街 171

86. 啊，南十字 173

87. 三只海鸟，三道光线，三把剪刀 175

88. 三月带着它隐藏的光归来 177

89. 当我死去 178

90. 我想到死 179

91. 年龄掩盖我们如同毛毛雨 180

92. 我的爱，如果我死了而你没有 181

93. 如果哪一天你胸脯停止 182

94. 如果我死了 183

95. 有谁像我们这般相爱？ 184

96. 我想，这个你爱上我的时期 185

97. 在这时代你必须飞 187

98. 而这个词 188

99. 另一些日子将来临 189

100. 在大地中央我将移开 190

附录一　聂鲁达生平 191
附录二　著作目录 193

二十首情诗和
一首绝望的歌

初版译序

这是聂鲁达最著名也是流传最广的诗集,截至1961年仅西班牙语版的销售量就突破一百万册。当然,它像许多伟大诗人的成名作品一样,经历了吃出版社的闭门羹,不被理解,遭到歪曲,受到攻击等委屈史。

女人的肉体,雪白的山丘,雪白的大腿。

诗集的第一首似乎一开始就要突出整本诗集的特色。首先,如此赤裸裸的描写似乎不应该以"情诗"来标题,它更像是一首肉体的颂歌。当时就有人认为聂鲁达不是在赞美爱情,而是在赞美性。事实上原来拟就的书名也许更贴切——《一个男人和一个女人的诗》。当然,命运注定它要以更富诗意和节奏感的书名面对读者,因为它的确不是一本关于性的诗集,而是一本糅合性与爱的诗集——这也许就是它的真正魅力，因为它更接近一个男人与一个女人的关系的本质。

其次，超现实主义的一种重要技巧"中断"或"不连贯性"在这个句子里也得到很出色的体现。这个句子在听觉上的安排是协调的、和谐的，但是在视觉上的安排却是相反的。它更像一组镜头：中近景（女人的肉体）、远景（雪白的山丘）、特写（雪白的大腿）。它在"肉体"与"大腿"之间插入"山丘"——这是我所遇到的最具震撼力的隐喻之一。尽管它也许不是作者有意安排的，而是碰巧从他的潜意识里爆发出来的。

当这本诗集使聂鲁达崛起诗坛并成为智利前卫运动的代言人的时候，批评家不是去关心这本诗集的写作技巧，而是去追踪它的来源。但是聂鲁达对此守口如瓶。直到1954年即诗集出版三十年后，他才在智利大学一次演讲中透露他的秘密：

> 这本诗集主要有两次恋爱，一次是我作为一个乡下人在青春期所经历的，另一次是后来在圣地亚哥的迷宫里等待我的。在《二十首情诗》里……它们是一页连一页的，所以一

会儿是森林的闪光,一会儿是甜蜜黑暗的背景。

数年后,当聂鲁达就快六十岁的时候,他又对从前那有点闪烁其词的解释做出澄清,把那位乡下姑娘唤作"马里索尔",把那位城市姑娘唤作"马里桑布拉":

> 马里索尔是迷人的乡下田园诗,有着黄昏的巨星和特木科[1]潮湿的天空似的黑眼。她,还有她的快乐和她那生动的传奇故事,象征着几乎所有被码头的水域和山上那半轮月亮围绕的篇章。马里桑布拉是首都的学生。灰色贝雷帽,柔和的眼睛,永远散发着我们那游牧式的学生时代恋爱的忍冬的芬芳,赋予在城市隐蔽处的激情邂逅以平静。

---

[1] 特木科:智利中部城市。聂鲁达成长于特木科附近。

大致可把第三、四、六、八、九、十、十二、十六、十九和二十归于马里索尔，其余十首归于马里桑布拉。当然，交叉、组合、重叠肯定是有的。用不求甚解的态度来阅读也许更有益，尽管未必更有趣。

值得一提的是第十六首。当聂鲁达在三十年代以其《大地上的居所》而获得国际声誉的时候，智利文学界却对他这首情诗大做文章，指它酷似泰戈尔的一首诗。对此，聂鲁达在1938年版加上一段说明："第十六首主要是泰戈尔《园丁集》中一首诗的意译。这是人所共知的。那些试图在我离开期间利用这个例子进行攻击的人，已在面对这本具有持久活力的青春期诗集的过程中被人遗忘，而这是他们应得的。"

艾略特曾经说过，未成熟的诗人模仿，成熟的诗人剽窃。聂鲁达是天才诗人，无所谓成不成熟。无疑，他成功地征服了原诗：他的猎物显得更有活力和强力。完全是聂鲁达的风范。如果顺便重读一下泰戈尔的《园丁集》，会发现聂鲁达整本诗集受这本诗集的影响是颇深的。例如不用标题，喜用长句，多用句号等。一些意象例如"项链""铃铛""斗篷"也是泰戈尔常用的。《园丁集》的一些句子，例如"傍晚的月亮竭力透过树叶来吻你的衣裙""早晨，我把我的网撒进大海""你的言语，我的心把它当作自己的言语"也被聂鲁达化入《二十首情诗》。

我的译文是根据美国著名诗人和翻译家 W.S. 默温的英译本转译的。第一稿完成于 1989 年，后来做过几次修改。九十年代初曾在陈东东主编的《南方诗志》发表，颇得诗友们喜爱。美国诗人 W.H. 奥登说，拙劣的译者总是在应该直译的时候意译，在应该意译的时候直译。我当然不允许自己沦为拙劣的译者，但是有时确实感到一种拙劣的委屈：碰到直译不好意译更糟的句子。于是发生这样的情形：改完又改，最后又回到原来的地方——没改。

我的译文在力求忠实于原英译的同时，也通过一本西英词典来决定一些关键字眼。在忠实于原译、原文的同时，为了发挥汉语的优势，也在个别情形下对个别字眼进行某种程度的扭曲（但这种例子很少）。

第六首尽量保留已有的中译本的主要意象和节奏，因为大家对它太熟悉了！

黄灿然

2002 年，香港

新版译序

我翻译的聂鲁达《二十首情诗和一首绝望的歌》原收入河北教育出版社的《聂鲁达诗选》(2003)。《聂鲁达诗选》和也是我翻译的、差不多同时出版的《里尔克诗选》《卡瓦菲斯诗集》一样,曾经广泛地影响了那一代的诗歌读者,但二十年来没有重印或再版过,如今在旧书网已经卖得很贵。

这次新版,我对译文做了一次修订。尤其是如今有谷歌翻译,最适合我这种转译,可以把它当作校对员来使用。我对原来的译文做了一些修改和润色,纠正了个别错误。我根据的依然是美国诗人默温的著名英译本。默温译笔好,准确性和可读性也都很高,畅销于英译世界数十年。但他还是有若干处误译,例如第六首结尾,原文"tormentas"(风暴、暴风雨),默温译为"torments"(折磨、拷打、痛苦),显然是把"tormentas"误读成"tormentos"(拷打,痛苦);再如第十八首第二节，原文"niebla"（雾，雾气），默温译为"snow"（雪），显然是把"niebla"误读成"nieve"（雪）。

我在校订时，对当年自己的译文的节奏和意象是如此熟悉，个别字眼修改起来竟然有点"不忍心"。但贴近原译、原文，毕竟是译者的原则。我统计过了，平均下来每首诗修改或润色大约七处。还好，没有造成与原来的译文相差太远的感觉，尤其是整体的节奏几乎完全不受影响。

黄灿然

2023年，深圳

一　女人的肉体

女人的肉体，雪白的山丘，雪白的大腿，
你献身的姿态像这个世界。
我的粗鲁农民的肉体挖掘着你。
进而使儿子从大地的深处跳出。

我孤单如一条隧道。群鸟从我这里逃出，
而黑夜以毁灭性的入侵把我压倒。
为了生存我把你锻炼成一件武器，
像我弓中的一支箭，我投石器里的一块石。

但是报复的时刻降临，而我爱你。
肌肤的肉体，苔藓的肉体，热切而结实的奶汁的肉体。
啊，乳房的酒杯！啊，迷茫的双眼！
啊，耻骨的玫瑰！啊，你迟缓而悲哀的声音！

我的女人的肉体，我将坚守你的魅力。
我的渴望，我无边的情欲，我变换不定的道路！

流淌着永恒的渴望,追随着疲惫
和无穷无尽的痛苦的,黑暗的河床。

二　光以其余焰缠绕你

光以其余焰缠绕你。
出神而苍白的哀悼者，就那样站着，
背对转动在你周围的
黄昏的旧螺旋桨。

无言，我的朋友，
独自在这死者的时辰的孤寂里，
充满火的生命，
那毁灭了的白天的纯正后裔。

一串果实从太阳下坠在你暗淡的外衣上。
夜的巨大根部
突然从你的灵魂生长起来，
而隐藏在你身上的事物再一次出现，
使一个湛蓝而无血色的人种，
你新生的婴儿，获得了滋养。

交替运动着穿过漆黑和金黄的
健壮、肥沃、磁性般的,循环的奴隶啊:
直起身来培养和占有一种创造,
如此生机勃勃,以致它花朵枯萎,
并且充满悲哀。

三　啊，松林的辽阔

啊，松林的辽阔，浪花的碎语，
光线迟缓的运动，孤独的钟，
黄昏落进你的眼睛，娃娃，
大地的海螺，泥土在你内部歌唱！

河流在你内部歌唱而我的灵魂遁入其中，
一如你所欲求的，而你把它送到你愿意的地方。
你的希望的弓瞄准我的道路，
我就会在狂乱中射出一连串的箭。

我视野所及到处是你浓雾的腰身。
你的沉默穷追猛打我备受折磨的时刻；
我的吻抛锚，我湿漉漉的情欲营巢
在你拥有透明石头似的双臂的身上。

你那被爱情敲响并逐渐模糊在
回荡并逐渐消失的薄暮里的，神秘的声音啊！

因此在深沉的时刻我看到了,在田野上
麦穗不停地敲响在风的嘴巴里。

四　早晨充满风暴

早晨充满风暴,
在夏天的心中。
云朵漫游如同告别的手帕,
在漫游的风的手中扬起。

风的无数的心
跳动在我们相爱的静默的上空。

恢宏而神圣,回荡在众树之间,
如同一种语言充满战争和歌曲。

那种以突然的袭击驱散枯叶
并使群鸟的飞箭偏向的风。

在倾斜的火、没有浪花的波涛
和没有重量的物质中推倒她的风。

她巨量的吻碎裂和下沉,
在夏天的风的大门遇袭。

五 为了使你听见

为了使你听见，
我的话
有时候变得纤细，
犹如沙滩上海鸥的足迹。

项链，陶醉的铃铛
最适合你的双手，光滑如葡萄。

我从远方观看我的话。
它们更像你的而不像我的。
它们爬上我古老的痛苦犹如常春藤。

它也以同样的方式爬上潮湿的墙壁。
你要为这残酷的游戏负责。
它们正逃出我黑暗的窝巢。
你充满一切，你充满一切。

在你面前它们挤满了你所占据的孤独，
它们比你更习惯于我的悲哀。

现在我要让它们说我要对你说的话，
好让你像我要让你听见我那样听见。

苦恼的风仍像往常那样拉扯它们。
有时候梦的狂飙依然拽倒它们。
你在我痛苦的声音里倾听其他声音。

古老嘴巴的悲悼，古老哀求的血液。
爱我，伙伴。别抛弃我。跟我走。
跟我走，伙伴，在这苦恼的波涛上。

但我的话染上了你的爱。
你占据一切，你占据一切。
我正把它们做成一条没有尽头的项链，
最适合你洁白的双手，光滑如葡萄。

六　我记得你在去年

我记得你在去年秋天的样子。
你像灰色的贝雷帽和宁静的心。
黄昏的火苗在你眼睛里纠缠。
叶子飘落在你灵魂的水面。

像爬藤一样盘绕我的双臂，
叶子蓄积你迟缓而安详的声音。
畏惧的篝火里我的渴望在燃烧。
甜蜜的蓝色风信子在我灵魂上空卷曲。

我感到你的眼睛在漫游，而秋天在远方：
灰色的贝雷帽，鸟的声音，房子似的心
——我深沉的渴望迁往那里居住，
我的吻在那里灰烬般幸福地塌陷。

从船上眺望天空。从山上眺望田野：
你的回忆是光，是烟，是宁静的池塘！

黄昏在你眼睛更深的地方燃烧。
干燥的秋叶在你的灵魂里回旋。

七　俯身于下午

俯身于下午我把我悲哀的网
撒向你那汪洋的眼睛。

那里,在最高的烈火中我的孤独延长和燃烧。
它的手臂旋转如一个溺水者的。

我发出一个个红色的信号,它们越过你那双
迷茫的,移动如灯塔附近的大海的眼睛。

你仅仅保存黑暗,我遥远的女性。
有时候从你的视野里浮现畏惧的海岸。

俯身于下午我把我悲哀的网
抛向那击拍着你汪洋的眼睛的大海。

夜鸟啄起那些闪光如我的灵魂的
初升的星星当我爱你。

夜跨着幽暗的牦牛奔驰，
把蓝色流苏洒落在辽阔的大地上。

八　白色的蜂

白色的蜂,你在我的灵魂中嗡鸣,陶醉于蜜,
你的飞舞迂回在烟雾慢腾腾的螺旋里。

我是绝望的人,没有回声的话,
他失去了一切,也拥有过一切。

最后的缆绳,在你身上紧绷着我最后的渴望。
在我荒芜的土地上你是最后的玫瑰。

沉默的人啊!

闭上你的深眼,黑夜在那里扑翼。
啊,你的身体,一尊受惊的雕像,一丝不挂。

你有一双黑夜在里面抽打的深眼。
花朵的冷静双臂和玫瑰的怀抱。

你的乳房像两个洁白的蜗牛。
一只阴影的蝴蝶飞临你的腹部沉睡。

沉默的人啊!

这里是你不在场的孤独。
下雨了。海风在猎取流浪的海鸥。

水赤脚走在湿漉漉的街道上。
叶子害病似的在树上埋怨。

白色的蜂,甚至当你离去你还在我的灵魂中嗡鸣。
你在时间里复活,苗条而沉默。

沉默的人啊!

九　陶醉于松林

陶醉于松林和漫长的接吻,
如同夏天我驾着玫瑰的帆船,
绕弯驶向薄弱日子的死亡,
加紧我这水手坚实的疯狂。

苍白并且被拴在我那贪婪的水上,
我巡游在裸露的气候的酸味里,
身上仍旧裹着灰色的衣服和苦涩的声音
以及被抛弃了的悲哀飞沫的羽饰。

被激情所强化,我骑上我唯一的波涛,
月亮的,太阳的,燃烧的和寒冷的,都在顷刻间
静止在凉爽的臀部般洁白和甜蜜的
幸运小岛的喉咙之中。

在潮湿的夜里我那披满亲吻的外衣颤抖着,
疯狂地充满了带电的努力,

英雄般分裂出一个个梦
和一朵朵尽情哄我的销魂玫瑰。

溯流而上,在外围波涛的中间,
你平行的身体投向我的怀抱,
像一尾鱼无限地紧系在我的灵魂上,
迅速而又缓慢,在天空下的活力中。

十　我们甚至丧失这个黄昏

我们甚至丧失这个黄昏。
没有人看见我们在这个傍晚手拉手
当湛蓝的夜跌落在世界上。

我从我的窗口看见过
远方群山之巅落日欢度的场面。

有时候一片太阳
像一枚硬币在我两手之间燃烧。

我用我那被攥紧在
你所了解的悲哀之中的灵魂回忆你。

那么你在哪里？
还有谁跟你在一起？
说了些什么？
为什么全部的爱会突然降临在我身上

当我感到悲哀并且觉得你离我很远?

那本总是在黄昏时分翻开的书掉落了,
而我的斗篷像一只受伤的狗打滚在我脚边。

总是,你总是穿过一个个傍晚渐渐远去,
朝着黄昏开始抹掉雕像的地方。

十一　几乎掉出天空

几乎掉出天空,半个月亮
抛锚在两山之间。
转动的,游荡的夜,眼睛的挖掘者。
让我们看看有多少星星粉碎在池塘里。

它在我的两眼之间竖起一个哀悼的十字架,然后逃遁。
蓝色金属的锻造,停止战斗的夜晚,
我的心盘旋如一个疯狂的轮子。
来自远方的女孩,从远方被带到这里来,
有时候在天空下你的目光一闪而出。
雷鸣,风暴,勃然大怒的气旋。
你从我的心上越过,没有停留。
来自墓穴的风夺走、破坏、遣散你瞌睡的根。

在她的另一边大树连根拔起。
但是你,晴朗的女孩,烟雾的问号,玉米的流苏。
你就是风与明亮的树叶正在做的。

在夜间的群山背后，大火的白色百合，
啊，我穷于言辞！你就是一切做的。

那切开我胸膛的渴望啊，
是踏上另一条道路的时候了，在那道路上她不微笑。
埋葬钟声的风暴，搅起混乱的风暴，
为什么要触摸她，为什么要使她悲哀。

啊，追随那条远离一切的道路，
没有烦恼、死亡和冬天透过露珠
睁开它们的眼睛沿途等候。

十二　你的乳房

你的乳房于我的心已很足够，
我的翅膀于你的自由也是如此。
那在你的灵魂上面睡觉的
将从我的口中升上天空。

在你身上的，是每天的幻觉。
你的到来犹如露珠之于花冠。
你以你的不在场损害地平线。
永远处于逃跑之中犹如波涛。

我说过你在风中歌唱，
犹如松林犹如桅杆。
你跟它们一样高而无言，
又突然悲哀起来犹如一趟远航。

你像一条古道给自己收集事物。
你挤满了各种回声和怀乡病的音调。

我醒来了，在你的灵魂里睡觉的鸟群
有时候也要逃亡和迁徙。

十三　我运用了

我运用了一个个火的十字
去标记你肉体的地图。
我的嘴巴是一只蜘蛛,试图越过去藏匿。
在你身上,在你背后,羞怯,为渴望所驱使。

在黄昏的彼岸给你讲故事,
悲哀而温柔的娃娃啊,为了使你不至于悲哀。
一只天鹅,一棵树,某种遥远而幸福的事物。
葡萄的季节,成熟而果实累累的季节。

我住在一个港口,在那里我爱上你。
孤独与梦、与寂静交织。
禁锢在海和悲哀之间。
无声而谵妄,在两个不动的船夫之间。

在嘴唇和声音之间某种事物渐渐死去。
某种包含鸟儿的翅膀的事物,某种痛苦和遗忘的事物。

像不能盛水的窝巢那样。

我的娃娃，只剩下几滴在颤抖。

即便如此，仍然有某种事物在这些转瞬即逝的话语里歌唱。

某种歌唱的事物，某种爬上我贪婪的嘴巴的事物。

啊，可以拿这些快乐的话语来庆祝你。

歌唱，燃烧，逃走，像狂人手中的一座钟楼。

我悲哀的温柔啊，是什么突然降临在你身上？

当我攀上最可怕最寒冷的峰巅，

我的心紧闭如夜间的花朵。

十四　每天你和宇宙的光

每天你和宇宙的光一起游戏。
神秘的访客,你隐现于花中水中。
你不仅仅是每天被我捧在双手间
像一串果实的这个白色的头。

你不再像任何人,自从我爱上你。
让我把你铺开在黄色的花环之中。
是谁用烟的字母把你的名字写在南方的星群之中?
啊,让我回忆你存在之前的样子。

风突然吼叫着拍打我紧闭的窗门。
天空是一张网,拥塞着阴郁的鱼。
这里所有的风迟早都要释放,所有的风。
雨脱下她的衣裳。

鸟儿经过,逃走。
风。风。

我只能与人的力量对抗。
风暴卷起暗淡的叶子,
并把昨夜里将缆绳系在天上的船统统松开。

你在这里。啊,你并没有跑开。
你将回答我的呼喊直到最后。
你依偎在我的怀里仿佛受了惊。
即便如此,仍然有一道奇怪的阴影掠过你的眼睛。

此刻,小人儿,此刻你也给我带来忍冬,
甚至你的乳房也散发着它的气息。
当悲哀的风开始屠杀蝴蝶,
我爱你,我的幸福咬着你嘴巴的李子。

你一定为了习惯我而受尽了苦。
我的原始的、孤独的灵魂,我那使他们纷纷逃避的名字。
多少次我们看见过晨星燃烧,亲吻我们的眼睛,
而在我们头顶暗淡的光在旋转的风扇里展开。

我的话雨点般落向你,抚摸你。
我长久地爱着你那浴过阳光的珍珠母的肉体。

我甚至想象你拥有整个宇宙。
我将从山上给你带来幸福的花朵,风铃草,
黑榛子,和一篮篮泥土气的吻。
我要
和你做春天和樱桃树所做的。

十五　我喜欢你默默无言

我喜欢你默默无言,仿佛你不在,
你从远方听着我,而我的声音接触不到你。
仿佛你的眼睛已经飞走,
仿佛有一个吻封住你的嘴巴。

就像所有事物充满我的灵魂,
你从事物之中浮现,充满我的灵魂。
你就像我的灵魂,一只梦的蝴蝶,
你就像忧伤这个词。

我喜欢你默默无言,仿佛你在远方。
仿佛你在悲叹,一只鸽子般低唤的蝴蝶。
你从远方听着我,而我的声音接触不到你:
让我也默默无言于你的寂静无声。

并让我拿你的明亮如一盏灯、
简单如一个环的寂静无声和你说话。

你就像夜晚,默默无言且布满星星。
你的寂静无声是星星的寂静无声,一样的遥远和朴素。

我喜欢你默默无言,仿佛你不在。
遥远而充满悲哀仿佛你已经死去。
那么一句话,一个微笑,就已足够。
而我感到幸福,幸福于它的不真实。

十六 黄昏时在我的天空里[1]

黄昏时在我的天空里你像一片云霞,
你的形状和色彩以我所爱的方式呈现。
你是我的,我的,有着甜蜜的嘴唇的女人,
我没有尽头的梦住在你的生命里。

我灵魂的灯光浸染你的双足,
我的酸酒在你嘴唇上甜蜜了很多。
我的黄昏之歌的收割者啊,
孤独的梦是怎样地相信你是我的!

你是我的,我的,我向下午的风
叫喊着,而风拖着我鳏夫的嗓门。
我眼睛深处的女猎手啊,你的掠夺
使得你夜间的注视平静如水。

---

1 此诗取意于泰戈尔《园丁集》第三十首。

你落进了我的音乐之网,我的爱,
而我的音乐之网辽阔如天空。
我的灵魂降生在你哀伤的眼睛的海滩上,
在你哀伤的眼睛里梦的大地开始形成。

十七　思索的、紊乱的阴影

思索的、紊乱的阴影在深深的孤独里。
你也很遥远，啊，比谁都遥远。
思索的、自由的鸟儿，交融的形象，
埋葬的灯。

浓雾的钟楼，多么遥远，耸立在那里！
把哀叹窒息，把幽暗的希望碾碎，
沉默寡言的推磨人啊，
黑夜从远方的城市而来，降临在你脸上。

你的存在是外来的，在我眼里陌生如一件东西。
我想，我是在你面前开拓我的大片生活。
我那在每一个人面前的生活，我那粗糙的生活。
面向大海、回荡在岩石之间的呼喊
激扬而疯狂，翻滚在海浪里。
这悲哀的暴怒，这呼喊，这大海的孤独。
奔腾，猛烈，朝着天空伸展。

你,女人,在那里你是什么?那个辽阔的风扇的
什么光线,什么叶片?你遥远如此时此刻的你。
森林里的大火!燃烧在蓝色的十字架。
燃烧,燃烧,吐焰,在光的树林里闪耀。

它坍塌,爆裂。大火。大火。
我的灵魂起舞,被卷曲的烈焰灼伤。
谁在呼唤?什么样的寂静挤满回声?
怀旧的时刻,幸福的时刻,孤独的时刻,
它们之中那属于我的时刻!
被歌唱着的风穿过的猎角。
是这样一种泪汪汪的情欲紧扣在我身上。

所有的根须的撼动,
所有的波涛的袭击!
我的灵魂彷徨,快乐,悲哀,没有尽头。

思索的、埋葬的灯在深深的孤独里。

你是谁?你是谁?

十八　在这里我爱你

在这里我爱你。

在暗淡的松林里风释放它自己。

月亮在漂泊不定的水流里发出磷光。

所有的日子完全一样，都在互相追逐。

雾气在舞蹈的图案中展开。

一只银色的海鸥从西边滑落。

有时候是一片帆。高高的，高高的星星。

啊，一艘船的黑色十字架。

孤零零。

有时候我很早就起来，甚至我的灵魂也是潮湿的。

大海在远方响着和回响着。

这是一个港口。

在这里我爱你。

在这里我爱你而地平线徒然想隐藏你。

我爱你即便是在这样冷冰冰的事物中间。
有时候我的吻贴着那些横渡大海
朝着达不到的终点驶去的沉重轮船。
我看见自己被遗忘犹如陈旧的锚。
码头悲哀起来,当下午泊在那里。
我的生活疲乏,饥渴而没有目标。
我爱着我不能拥有的。你是那么遥远。
我的厌倦跟缓慢的黄昏搏斗。
但是黑夜来了并且开始向我歌唱。

月亮转动它的发条梦。
那些最大的星星用你的眼睛望着我。
而既然我爱你,风中的松林
就要以它们铁丝般的针叶歌唱你的名字。

十九　柔软、棕褐色的女郎

柔软、棕褐色的女郎，那使果实成形，
使谷粒饱满，使海草卷曲的太阳，
也使你的身体，你的明亮的眼睛
和你的有着水的微笑的嘴巴洋溢着快乐。

一个漆黑的思慕的太阳织进了你的
乌黑而稠密的发丝里，当你伸开你的双臂。
你像跟一条小溪那样跟太阳游戏，
而它在你的眼睛里留下两个幽暗的池塘。

柔软、棕褐色的女郎，没有什么把我拉近你。
一切都把我逐得更远，仿佛你是正午。
你是蜜蜂的疯狂的青春，
是浪花的陶醉，是麦穗的力量。

但是我忧郁的心却在寻找你。
我爱你那快乐的身体，你那纤细而流畅的声音。

暗淡的蝴蝶，甜蜜而且确切，
像麦田和太阳，罂粟花和水。

二十　今夜我可以写出

今夜我可以写出最悲哀的诗。

写,例如,"夜里星繁,
蓝色的星光在远方打着寒战。"

夜风在天空里回旋和歌唱。

今夜我可以写出最悲哀的诗。
我爱她,而有时她也爱我。

在许多像这样的夜里我曾把她搂在怀中。
我在无底的天空下一遍又一遍吻她。

她爱我,有时我也爱她。
谁又能不爱她那硕大而宁静的眼睛。

今夜我可以写出最悲哀的诗。

想到我不能拥有她。感到我已经失去她。

听到辽阔的夜,因为没有她而更加辽阔。
诗句跌向灵魂犹如露珠跌向牧场。

那有什么关系既然我的爱不能留住她。
夜里星繁而她不在我身边。

这就是一切。有人在远方歌唱,在远方。
我的灵魂不甘于就此失去她。

我的视线努力寻找她,仿佛要把她拉得更近。
我的心寻找她,而她不在我身边。

相同的夜刷白了相同的树。
那时的我们,如今已不再一样。

我不再爱她,确实如此,但我曾多么爱她。
我的声音努力寻找风,试图接近她的听觉。

另一个人的。她将是另一个人的。就像她曾经接受我的亲吻。

她的声音,她明亮的身体。她深不可测的眼睛。

我不再爱她,确实如此。但也许我还爱她。
相爱是那么短暂,相忘是那么长久。

因为在许多像这样的夜里我曾把她搂在怀中,
我的灵魂不甘于就此失去她。

虽然这是她使我遭受的最后的痛苦
而这些是我写给她的最后的诗行。

绝望的歌

有关你的回忆从我周围的夜里浮现。
河流把它执拗的悲叹连给大海。

像黎明的码头那样被抛弃。
这是离去的时刻,被抛弃的人啊!

冰冷的花冠雨点般落在我心上。
啊,瓦砾的坑,沉船的残酷洞穴。

在你那里战争和飞行递增。
从你那里鸣禽拍翼而起。

你吞并一切,像远方。
像大海,像时间。一切在你那里遇难!

这是攻击和亲吻的快乐时刻。
是灯塔般闪着光的恍惚时刻。

舵手的畏惧，盲目潜水者的愤怒。
爱情汹涌的陶醉，一切在你那里遇难！

在浓雾的童年我的灵魂折翼受伤。
迷失方向的探险者，一切在你那里遇难！

你环抱忧伤，你缠绕欲望，
悲哀震撼你，一切在你那里遇难！

我让阴影的墙壁后退，
我继续走着，超越欲望和行动。

啊肉，我自身的肉，我爱过而又失去的女人。
我在潮湿的时刻呼唤你，我向你唱起我的歌。

你像一个罐子容纳无穷尽的温柔，
而无穷尽的遗忘敲碎你如同一个罐子。

那里是岛屿的黑色孤寂，
而爱情的女人，在那里你把我拥入怀中。

那里是口渴和饥饿,而你是水果。
那里是不幸和毁灭,而你是奇迹。

啊女人,我不知道你怎能容纳我
在你灵魂的土地上,在你双臂的十字架里!

我对你的欲望是多么可怕和短暂啊!
多么困难和陶醉,多么紧张和贪婪。

亲吻的墓地,你的坟中仍然有火。
仍然有簇簇葡萄串在燃烧,被鸟儿啄走。

咬过的嘴巴啊,吻过的四肢啊,
饥饿的牙齿啊,缠绕的身躯啊。

我们在其中融合与绝望的
希望与力量的疯狂交媾啊。

那温柔,犹如流水犹如面粉。
那话语,在嘴唇上欲言又止。

这是我的命运，我的渴望在这里航行，
我的渴望也在这里栽倒，一切在你那里遇难！

啊，瓦砾的坑，一切落进你那里，
什么忧伤你不表达，什么忧伤你不沉溺！

从巨浪到巨浪你仍然呼唤和歌唱。
站在船头像一个水手。

你仍然在歌声中开花，你仍然在激流中翻滚。
啊，瓦砾的坑，张开的苦井。

苍白的盲目潜水者，不走运的投石者。
迷失方向的探险者，一切在你那里遇难！

这是离去的时刻，黑夜拴住所有时刻表的
坚硬而寒冷的时刻。

大海窸窣作响的腰带环绕海岸。
寒星汹涌而起，黑鸟迁徙。

像黎明的码头那样被抛弃。

只有颤抖的阴影交织在我手里。

啊,比一切都遥远。啊,比一切都遥远。

这是离去的时刻。被抛弃的人啊!

100首
爱情十四行诗

新版译序

我翻译的聂鲁达《100首爱情十四行诗》原收入河北教育出版社的《聂鲁达诗选》(2003),至今刚好二十年。这部情诗集原是根据史蒂芬·塔普斯科特的英译本(1986)翻译的,这次修订,则是根据古斯塔沃·埃斯科贝多的英译本(2007)校对。

前不久,我因为新译了一本超大型的《聂鲁达诗选》而重新检视《100首爱情十四行诗》,感到可入选的并不多,最终挑了约十首。现在根据埃斯科贝多的译本校对,我发现他采取直译,非常精确,跟谷歌翻译比照,几乎与原文亦步亦趋。相对而言,塔普斯科特的译本有些错误,但更多的是采取意释,添油加醋。我不是说他的译本在英文里可读性不高,还是相当高的,但是他的意释,他的添加,一方面是带有文艺腔,另一方面把原文精练的表达稀释了,反映在我的中译本里,变成多了些陈腔滥调。再加上我的翻译实际上完成于1990年前后，属于我最早的译诗，自己也有颇多不足之处，包括理解错误和竟然使用了一些成语套语，也就是陈词滥调，违背我后来的翻译原则。

在根据埃斯科贝多译本修订之后，译文质量大大提高，也许提高不止一倍，也许两倍、三倍。因为一首良好的诗如果替换上一两个出乎意料的句子，就会变成一首优秀的诗；相反，替换上一两个滥情的句子，就会沦为不及格或勉强及格。可以说，我把几乎每一首都重译了。原来的翻译，按我的标准，我觉得是远远够不上我的译诗的整体水平的。所以对于再版这部诗集，我是犹豫的，心虚的。好在埃斯科贝多的译本拯救了我的译本，使它有了新生命。我不是说埃斯科贝多的译本可读性有多高，但根据他的译本，我刚好能够针对那些让我犹豫、使我心虚的部分，进行大幅修改和订正。

我希望这个新版本也能够给读者们带来全新的感受。

黄灿然

2023年6月1日，七娘山下

100首爱情十四行诗

——献给玛蒂尔德·乌鲁蒂亚[1]

我挚爱的妻子,当我写这些所谓的"十四行诗"时,我受苦;它们刺痛我,我付出很多,但是把它们献给你时,我所感到的快乐辽阔如大草原。当我给了自己这个任务,我很清楚,在每一首十四行诗旁边,各时代的诗人都带着特定的倾向和优雅,安排他们那些声如白银、如水晶、如炮火的音韵。我怀着无比的谦卑,用木材写成这些十四行诗;我把这种纯粹而不透明的物质的声音赋予它们,它们就应该这样抵达你耳旁。当你和我在森林里或沙滩上散步,沿着偏远的湖泊,或穿过灰尘覆盖的纬度地区,我们曾拾起树木的芬芳,受水和天气影响的木料的芬芳。于是,我带着小斧、小刀和小折刀,用这类柔软的残余物构筑这

---

[1] 1955年,聂鲁达开始与后来成为他第三任妻子的玛蒂尔德·乌鲁蒂亚同居。《100首爱情十四行诗》写于1955年至1957年,出版于1960年。

些爱情的木制品，造起一座座十四块木板的小屋，好让你那双我所赞赏我所歌唱的眼睛入住。既然我已经明确了我的爱的理由，那就让我把这个世纪[1]献给你：木材的十四行诗，它们能够站起来是因为你赋予它们生命。

聂鲁达
1959 年 10 月

---

1 喻这 100 首诗。

早 晨

1

玛蒂尔德,一株植物或一座岩石或一种酒的名字;
在大地上形成和永存的事物的名字;
一个词,在它的生长中黎明第一次袒露,
在它的夏天里柠檬的光辉霎时爆出。

一条条木船轻快驶过这个名字,
火一般蓝的浪涛又把这些木船包围:
它的字母是一条河的流水,
而这条河的流水涌上我干旱的心。

啊,在交缠的葡萄藤下被发现的名字,
像一扇门进入一条秘密隧道,
直达这个世界的芬芳!

以你的热唇入侵我,而如果你愿意,
就用你夜间的眼睛审问我,但要让我
像一条船驶过你的名字,让我在那里停泊。

2

爱人,到达一个吻的道路是多么漫长,
通往做你的伴侣的旅途又是多么寂寞!
孤独的列车依然在雨中滚滚奔驰。
在塔尔塔尔[1]春天还未破晓。

但是你和我,亲爱的,我们紧紧相依,
从我们的衣服到我们的根须,
相依的秋天,相依的水,相依的臀部,
直到只有你、只有我相依。

想到河流要夹带那么多石头,
博罗阿[2]水域的三角洲;
想到被列车和国家分隔,

我们唯有彼此相爱:

---
1 塔尔塔尔:智利安托法加斯塔市郊一个小海港。
2 博罗阿:位于智利阿劳卡尼亚区的一个城镇,位于考廷河畔。

连同所有那些迷茫,那些男人和女人,
那片栽培和教育康乃馨的土地。

3

苦涩的爱人，带棘冠的紫罗兰，
在如此多激情中尖利起来的灌木丛，
忧郁的长矛，盛怒的花冠：你怎样
找到我的灵魂？通过什么道路？

为什么你突然将你苦楚的火苗
倾泻在我道路的冷叶间？
谁为你指示通往我的台阶？什么花朵，
什么岩石，什么烟雾向你披露我的居所？

实际上那个可怕的夜晚震颤了，
黎明将葡萄酒注满了所有高脚杯，
太阳确立它在天上的存在，

而残忍的爱无休止地包围我，
直到它用刺用剑戮我，
在我心中劈出一条燃烧的道路。

4

你会记得那条任性的山溪,
那里跳动的香气攀升,
有时候一只鸟儿穿起一袭清水
和一身缓慢:它的冬装。

你会记得来自大地的礼物:
易怒的浓味,黄金的黏土,
树丛中的杂草,疯狂的根须,
剑刃般的着魔的荆棘。

你会记得你拾起的花枝,
沾着寂静的,阴影和水的花枝,
像缀满泡沫的石头的花枝。

那时像永不,又像永远:
我们去没有什么在等待着的地方,
并发现等待着的一切。

5

我没有触摸你的夜晚或空气或黎明,
我只触摸大地,葡萄串的美德,
在生长中聆听清水的苹果,
还有你带香气的国度的黏土和树脂。

从金查马利[1],你的眼睛开始的地方,
到弗龙特拉[2],你的纤足为我而形成的地方,
你都是我熟悉的黑暗黏土:
我在你的臀部里再次触摸到所有的小麦。

来自阿劳科[3]的女人,也许你不知道
我在爱你之前忘记你的吻,
而我的心还在回忆你的嘴巴,我还在

---

1 金查马利:玛蒂尔德出生地奇廉郊外的一个小镇。
2 弗龙特拉:聂鲁达度过童年的地方。
3 阿劳科:边陲地区,邻近聂鲁达成长和玛蒂尔德出生的地方。

大街上到处逛荡如同一个受伤的人，
直到我明白了，亲爱的，我已经
找到我那片吻与火山的领土。

6

迷失在森林里,我折断一条黑暗的树枝,
并把它的低语放到我干渴的唇边:
也许这是哭泣的雨的声音,
一个裂开的钟或一颗破碎的心的声音。

有什么来自如此遥远的地方,于我似乎
既深沉又奥秘,被大地掩盖着:
一声被辽阔的秋天淹没的叫喊,
被树叶那半掩而潮湿的黑暗淹没的叫喊。

从那座睡梦中的森林里醒来,
榛树的枝条在我舌尖下歌唱,
它那漂流的香气爬上我的心智,

仿佛我遗下的根须,与我的童年
一起被我丧失的土地,都突然在寻找我,
而我收住脚步,被那游荡的气味所伤。

7

"跟我来。"我说,但没有人知道
我的痛楚在哪里悸动,或怎样悸动,
而对我来说不存在康乃馨或船歌,
只有被爱情揭开的伤口。

我又说:"跟我来。"仿佛我正在死去
而没有人看见我嘴巴里那个流血的月亮,
没有人看见鲜血涨入寂静。啊,爱人,
现在让我们忘记带荆棘的星光!

这就是为什么当我听见你的声音重复
"跟我来",我就会感到仿佛你释放了
痛苦、爱情,释放了被囚禁的酒

从被埋没的酒窖涌起的愤怒
而我再度感到我嘴里火的滋味,
鲜血和康乃馨,巉岩和灼伤的滋味。

8

如果不是因为你的眼睛有月亮的颜色,
一个充满黏土、工作和火的白天的颜色,
即便被囚禁也仍能像空气那样灵活,
如果不是因为你是一个琥珀色星期,

如果不是因为你是秋天穿过葡萄藤
攀缘而上的那个发黄的时刻,
不是因为你依然是带香味的月亮所搓揉的
那个使面粉在天空中漫步的面包,

啊,我最亲爱的,我就不会爱你!
在你的怀抱中我怀抱一切存在的事物,
沙漠、时间和雨中树,

一切事物生机勃勃我也生机勃勃,
不用走远我也能够看得清清楚楚:
我在你生命中看到一切活着的事物。

9

随着波涛击拍不驯的岩石
清晰性爆炸并确立它的玫瑰,
大海的循环萎缩成一束花,
退化成一滴掉下的蓝盐。

啊,在泡沫中释放的明亮木兰花,
磁性的旅客,其死亡怒放
并永恒地回归存在和成为虚无:
碎盐,大海炫目的运动。

你和我,亲爱的,我们一起封闭寂静,
而大海摧毁它持续不断的雕像,
推倒它陶醉和白色的高塔,

因为在激怒的水和流动的沙构成的
这些看不见的线编织的故事中
我们坚守唯一和苦缠的温柔。

10

柔软的是那美丽的人,仿佛音乐和树林、
玛瑙、布料、小麦和通亮的桃子
已竖起了短暂的雕像。
她对着波涛送出她逆向的清新。

大海弄湿了擦亮的双脚,复制
它们刚刚印在沙滩上的轮廓,
现在她是一片女性的玫瑰火焰,
太阳和大海与之较量的唯一泡沫。

啊,但愿只有寒冷的盐巴碰触你!
但愿就连爱也不能摧毁那个完整的春天。
美丽的人,不可磨灭的飞沫的回声,

让你的臀部在水上推行
天鹅和睡莲的新尺寸,让你的雕像
环游在整个永恒的水晶上。

11

我渴望你的嘴巴,你的声音,你的头发,
沉默而饥饿,我在大街上游荡,
面包无法维持我,黎明不断分裂我,
我终日追寻你脚步的流动声。

我渴望你那滑落的笑声,
你那有着丰盛收获的颜色的双手;
我渴望你那些指甲的苍白石头,
我想吃你的肌肤像吃一颗完整的杏仁。

我想喝你姣好的肉体上阳光的耀斑,
你傲慢的脸上卓绝的鼻子,
我要吃你睫毛飞逝的阴影;

我饥饿地徘徊,气喘吁吁地嗅着黄昏,
苦苦追寻你,追寻你那颗炽烈的心,
像一头美洲狮游荡在基特拉楚[1]的孤寂里。

---

1 基特拉楚:阿劳科荒凉的高地。

12

丰满的女人,肉欲的苹果,炽热的月亮,
海草的浓味,泥浆和捣碎的灯光,
是什么黑暗的清晰性在你的蕊柱之间敞开?
是什么古老的夜晚被一个男人用五官触摸?

啊,相爱是伴随着水和星光的航海,
伴随着淹没的空气和面粉的粗风暴:
相爱是闪电之战
和两个身体屈服于一团蜜。

一个接一个吻我漫游于你小小的无限,
你的边境,你的河流,你的微型村庄,
而在快乐中变形的生殖之火

滑过了狭窄的血道,直到它
像一株夜间的康乃馨倾泻而下,直到它
只是又不只是阴影中一线光。

13

那从你脚尖升上你头发的光,
那包裹你轻盈体形的鼓胀,
并不是珍珠母的,也不是冷银的:
你是面包,火所钟爱的面包做的。

面粉随着你升高它的粮仓,
并受到好年代的促进而增长,
当谷粒效仿你乳房的饱满,
我的爱是大地深处劳动的煤。

啊,面包你的前额,面包你的大腿,面包你的嘴巴,
我狼吞虎咽你的面包,与晨光一同诞生的面包,
心爱的人,面包铺的彩旗,

火给你上了一堂血的课,
你从面粉学会了神圣,
从面包学会了语言和香味。

14

我没有足够时间来庆祝你的头发。
我该逐根逐根点数并崇拜它们:
别的恋人想跟某些眼睛一起生活,
我只想做你的发型师。

在意大利他们叫你作美杜莎,
为了你那高耸的头发的强光。
我把你叫作我的鬈曲我的纠缠:
我的心熟悉你头发的幽径。

当你在自己头发丛中迷失,
请别忘了我,请记住我爱你,
不要让我因见不到你那蓬头发

而迷失在这个黑暗的世界,陷身于
那些布满阴影和瞬间的忧伤的道路,
直到太阳升起,爬上你头发的高塔尖。

15

大地很早就已经认识你:
你坚实如面包,或木材;
你是一躯肉体,一堆纯粹的物质;
你拥有金合欢树和金豆荚的重量。

我知道你存在不仅是因为你的眼睛漫游,
把光明投给事物,像一个敞开的窗口,
而是因为他们用黏土造你,在奇廉[1]
燃烧你,在一个吃惊的黏土灶里。

无数生命洋溢如空气或水或严寒,
而且模糊,被时间一碰就消失,
仿佛他们在死前就已被撕成碎片。

你将和我一起掉进坟墓犹如一块石头,

---
1 奇廉:玛蒂尔德出生地,位于圣地亚哥以南山区。

因此通过我们未消耗的爱,
大地将继续和我们一起活着。

16

我爱这撮土地,就是你,
因为在世界上所有的大草原里
我没有别的星。你复制
宇宙的繁复。

你的大眼睛是众多熄灭的星座中
我仅有的光,
你的肌肤搏动如流星
在雨中旅行的道路。

你的臀部在我看来更像月亮;
你深厚的嘴巴及其快乐更全是太阳;
你被长长的红线燃烧的心脏

正是那炽热的光,像浓荫里的蜜;
我就这样追随你的形体之火,吻着
细小的,行星的,鸽子和地理的你。

17

我爱你并不是把你当成一朵盐玫瑰,
或一支散播火花的康乃馨之箭:
我爱你就像在阴影和灵魂之间
某些被秘密地爱着的黑暗事物。

我爱你就像那株永不绽放
却藏而不露地承载着花朵之光的植物,
并且由于你的爱,某种从大地升起的
紧密的香味黑暗地活在我体内。

我爱你而不知道原因或何时何地,
我坦坦荡荡爱你,既不复杂也不骄傲;
我这样爱你是因为我不知道其他爱的途径,

除了这个:我不存在你也不存在,
如此贴近就连你在我胸膛上的手也是我的,
如此贴近就连我沉沉入睡你的眼睛也就阖上。

18

你穿越群山如同一阵微风,
或从雪里奔驰而下的急流,
或你搏动的头发在浓密中确认
太阳高高在上的装饰。

高加索全部的光都落在你肉体上,
如同落入一个无穷尽的小罐子,
水在罐子里随着河流里每一次透明的运动
而更换它的衣服和歌声。

山边是昔日的勇士之路,
底下激怒的水闪耀如一把剑
在矿物质之手筑成的围墙之间,

直到你突然接受森林送来的
一条树枝或某些蓝花射出的闪电
和一个野蛮微笑发出的奇异飞箭。

19

当黑岛[1]壮丽的泡沫、蓝色的盐
和波涛中的阳光溅泼你,
我望着这只黄蜂繁忙地工作,
专注于它的宇宙的蜜。

它来了又去,平衡它那笔直而金黄的飞行,
仿佛从一条看不见的线上滑下
它那优美的舞姿,饥渴的腰肢,
它那恶毒的针的刺杀。

它的彩虹是汽油和橘子合成的,
它像一架飞机在草丛中寻找着,
它带着麦穗的低响声飞翔、消失,

而你正好赤裸裸从海水里走出来,

---
1 黑岛:位于智利中部,聂鲁达曾长期在此居住。

回到这个充满盐和阳光的世界:
回响的雕像,沙里的剑。

20

我的丑人,你是一颗头发蓬乱的栗子,
我的美人,你漂亮如风。
丑:你的嘴巴足够做两个嘴巴;
美:你的吻新鲜如刚摘下的甜瓜。

丑:你把你的乳房藏到哪里去了?
它们干瘪如两小杯麦子。
我更愿意看到你胸前挂着两个月亮:
你至高主权的两座巨塔。

丑:大海也不像你的指甲淤塞那么多东西;
美:一朵朵花,一颗颗星,一阵阵波涛。
爱人,我计算你的肉体:

我的丑人,我爱你黄金的腰肢;
我的美人,我爱你额头的皱纹;
我的爱人,我爱你的清晰,你的黑暗。

21

啊，让全部的爱在我身上宣传它的嘴巴，
让它没有春天就不要多受一刻的苦，
我只向忧伤出售我的双手，
亲爱的，现在请把你的吻留给我。

用你的香味覆盖这个开放月份的光，
用你的头发关闭所有的门。
只是不要忘了，要是我醒来大哭，
那是因为我梦见自己是一个被丢失的小孩。

在黑夜的枝叶中寻觅你的双手，
寻觅你传递给我的小麦的接触，
阴影和能量那炫目的狂喜。

啊，亲爱的，当你在你的梦中
陪伴我并告诉我光的时刻，
我除了阴影什么也看不见。

22

爱人,多少次我爱你而看不见你,也许还回忆不起你,
没认出你的目光,没望着你,一株
长错了地方的矢车菊,在炽热的正午:
你只不过是我爱的谷粒的香味。

也许我看见你,想象你随便举起一只酒杯,
在安戈尔[1],在六月的月光下;
或者你是我在阴影里弹奏的
那把吉他的腰身,轰响如放纵的大海。

我爱你而不知道我在爱你,我寻找你的回忆。
我提着灯笼进入空屋偷走你的肖像。
但我已经知道是怎么回事。突然间

我触到就在我身边的你,我的生命停顿了:

---
1 安戈尔:马耶科省省会,奇廉以南。

你赫然站在我面前，统辖我，你统辖。
像林中的篝火，而火是你的王国。

23

火是光而充满怨恨的月亮是面包,
茉莉复制它繁星点点的秘密,
而从可怕的爱伸来一双柔软纯洁的手
将安详给了我眼睛,将太阳给了我五官。

爱人啊,多么突然地,从撕碎的事物
你建筑一座甜蜜的坚实大厦,
击退了恶意和嫉妒的爪牙,而今天
我们作为一个生命面对世界。

这情形从前如此现在如此往后也将如此,
野蛮而甜蜜的爱人,至爱的玛蒂尔德,
直到时间向我们展示白天的最后花朵。

没有你,没有我,没有光也就没有我们:
那时候在大地和阴影之上,我们那
爱的光辉仍将继续活着。

24

爱人啊爱人,云朵朝着天空的塔尖
攀爬如满怀喜悦的洗衣妇,
而一切都在蓝中燃烧,都是一颗星:
大海、轮船、日子都一起被流放。

来看看这些由水的星座组成的樱桃树
和这把开启快速宇宙的圆钥匙,
来摸摸这片瞬间的蓝色之火,
来吧,赶在它的花朵凋谢之前。

这里只有光、数量、花枝,
还有空间:它被风的美德打开,
直至泡沫的最后秘密被揭露。

在如此多的天蓝色中间,我们
被淹没的眼睛迷失了,仅能猜测
空气的力量,水下的钥匙。

25

在爱你之前,爱人,没有什么是我的;
我犹犹豫豫穿过街道和事物;
没有什么重要,或有一个名字:
世界只是我预料中的空气的世界。

我熟悉灰烬的厅堂,
住着月亮的隧道,
道别的飞机棚,
坚持在沙里的问题。

一切空虚,死寂,无声,
一切塌陷,弃置,衰朽,
一切都不可改变地陌生,

一切都属于别人又不属于任何人,
直到你的美丽和你的贫穷
使秋天充满了累累礼物。

26

伊基克[1]令人生畏的沙丘的颜色,
或危地马拉杜尔塞河的入海口,
都没有改变过你在小麦里被征服的外观,
也没有改变过你的大葡萄风格和你的吉他嘴巴。

心啊,自一切寂静以来就属于我的心啊,
从枝蔓交缠的葡萄树统治的高地
到荒芜的白金原野:在每一个
纯粹的家园,大地都重复了你。

但即便是矿物质群山的羞怯的手,
即便是西藏的白雪,波兰的石头——
没有什么改变你那漫游的麦粒的体形,

仿佛黏土或小麦,吉他或来自

---
1 伊基克:智利北部城市。

奇廉的葡萄串都在你身上捍卫它们的
领土，执行野月亮的强制令。

27

一丝不挂你朴素如你的一只手,
光滑、尘凡、极简、小巧、透明,
你有月亮的轮廓,苹果的道路,
一丝不挂你苗条如赤裸的小麦。

一丝不挂你蓝如古巴的夜晚,
你头发里有葡萄树和星星,
一丝不挂你巨大而淡黄
仿佛金色教堂里的夏天。

一丝不挂你小巧如你的一个指甲,
弯曲、微妙、呈玫瑰红,直到
白天诞生而你进入世界的地下,

仿佛进入一条衣物和家务的漫长隧道:
你的清晰性褪去,打扮好,脱掉叶子,
再度变成一只一丝不挂的手。

28

爱人，从种子到种子，从行星到行星，
带着网飞越黯淡民族的风，
穿着血鞋的战争，
甚或谷穗的白天和夜晚。

我们走到哪里，岛屿或桥梁或旗帜，
哪里就有飞逝、布满弹痕的秋天的小提琴，
回响在杯嘴上的欢乐，
用眼泪的教训劝阻我们的痛苦。

风在所有那些共和国迅速发展
它那些不受惩罚的帐篷、冰川的头发，
然后把花朵送回去工作。

但在我们身上秋天从未燃烧。
在我们静止的家园，爱随着露珠的夜晚
抽芽和生长。

29

你来自南方家庭的贫困,
来自寒冷和地震的严酷地区,那些
即便它们的诸神摔死了也给我们
上了黏土人生的一课的地区。

你是一匹黑黏土的小马,一个
暗泥巴的吻,爱人,黏土的罂粟花,
沿着道路飞行的黄昏之鸽,
盛着我们不幸童年的泪水的钱罐子。

姑娘,你仍然保存着那颗穷苦的心,
你那双习惯于岩石的脚,
你那个并非总是有面包或愉悦的嘴巴。

你来自贫困的南方,那是我灵魂的来源,
九霄之上你母亲和我母亲依然在一起洗衣。
这就是为什么我选择你做我的伴侣。

30

你有群岛上一棵落叶松的浓发,
几个世纪的时间凝成的肌肤,
对林海见多识广的葡萄树,
从空中滴入记忆的绿色血液。

没有谁能够从如此多根茎里,
从因水的愤怒而倍增的太阳那苦涩的新鲜里
捞回我这颗丢失了的心。
影子独自生活,不和我同行。

而这就是为什么你从南方浮现
如一座覆盖着树木和羽毛的岛屿:
我闻到那些流动的森林的香味,

我找到我在丛林中尝过的黑暗的蜜;
我在你的臀部上触到跟我一起降生
并筑构我的灵魂的,那些黑暗的花瓣。

31

我骨头的小君主,我用南方的月桂
和洛塔[1]的牛至为你加冕,
你不能没有大地用香液
和绿叶制造的这个皇冠。

就像那爱你的男人,你也来自绿色省份,
我们从那里带来流淌在我们血液里的黏土,
在城里我们像很多人那样走着,迷失,
唯恐他们会关闭市场。

亲爱的,你的影子有李子的味道,
你的眼睛把根茎隐藏于南方,
你的心是一个状如鸽子的钱罐子。

你的肉体光滑如水里的石头,

---

1 洛塔:位于太平洋边,距奇廉不远。

你的吻是一串串披着露珠的葡萄。

我在你身边,跟土地生活在一起。

32

其真实性被床单和羽毛弄乱
并导致一整天没有方向感的
早晨里的房子,像一条可怜的船
在秩序和睡眠的水平线之间漂浮。

物件都想随着残留部分磨蹭,
没有方向的黏附,寒冷的遗产,
藏起皱缩的元音的报纸,
而瓶子里的酒像保存昨日。

有条理的人,你颤抖着经过
像一只蜜蜂接触迷失在阴影里的区域,
用你的白色能量征服光。

清晰性于是被重新建立:
物件顺从生命的风,
秩序确立其面包和鸽子。

正午

33

爱人,现在我们就要去
那座葡萄藤爬上棚架的房子:
在你走进你的卧室之前,
赤裸的夏天已经迈着它的忍冬脚抵达。

我们漫游的吻浪迹全世界:
亚美尼亚,地里挖出的浓蜜滴;
锡兰,绿鸽子;还有以古老又古老的耐性
分开黑夜与白天的长江。

而此刻,亲爱的,横渡噼啪响的大海,
我们归来如两只飞向墙壁,飞向
遥远春天的窝巢的盲目鸟儿,

因为爱不能无休止地飞行:
我们的生命走向墙壁或大海的石头,
我们的吻回归我们的领地。

34

你是大海的女儿,牛至的表妹;
游泳者,你的肉体是纯净的水;
厨娘,你的血液是活土壤。
你的习惯是鲜花和大地的。

你的眼睛投向水面,掀起波澜;
你的手伸向大地,种子跳跃;
你在水和土壤里有各种深刻属性,
它们在你身上汇合犹如黏土的定律。

水神,绿松石割切你的肉体,
它旋即复活,在厨房里如此盛放,
以至你具有一切存在的事物的特征,

最终你在我这驱散阴影,
以便你休息的怀中睡着了,
蔬菜、海藻、草药:你的梦的泡沫。

35

你的手从我的眼睛飞向白天。
光进入,像一片公开的玫瑰丛。
沙漠和天空搏动如雕刻在
绿松里的一窝终极的蜂巢。

你的手触摸叮当响的音节,触摸
杯子和盛满黄油的容器,
花冠、清泉,尤其是爱,
爱啊:你纯洁的手保存着勺子。

下午已逝。夜悄悄把它的
天空的顶盖滑到人的睡梦上方。
忍冬释放出原始而悲哀的味道。

而你的手飞回来,渐渐收起
它的羽毛,我以为已经在我那双
被阴影吞没的眼睛上方丢失的羽毛。

36

我心爱的人,芹菜和揉面槽的皇后;
丝线和洋葱的小豹:
我喜欢看你的微型王国闪闪发光,
那些蜡和酒和油的武器,

大蒜的,为你双手而开放的土壤的,
点燃在你两手间的蓝色物质的,
从梦转世成为凉拌菜的,
盘缠花园软水管的爬行动物的武器。

拿着修枝剪升起香气的你,
引导肥皂泡的方向的你,
爬上我疯狂的梯子和楼梯的你,

你啊,操纵我的笔迹的征兆,
并在笔记本的沙粒里找到
那搜寻你的嘴巴的丢失的字母。

37

啊爱人,啊疯狂的光线和紫色的威胁,
你探访我并爬上你新鲜的楼梯,
那座时间的雾霭缭绕其尖顶的城堡,
那颗紧闭的心的苍白围墙。

谁也不知道唯有娇嫩本身
才能建造坚如城市的水晶,
不知道血液打开厄运的隧道,
但它的君主国不能推翻冬天。

这就是为什么,爱人,你的嘴巴、肌肤,
你的光和忧愁都是生命的祖传之物,
是雨的恩赐,接纳并举起

谷粒的饱满、地窖里葡萄酒的
秘密暴风雨、土壤里谷物的火焰的
大自然的恩赐。

38

你的房子轰鸣如午间的火车,
蜜蜂嗡嗡,深锅歌唱,
瀑布枚举露珠的事迹,你的笑声
发展它的棕榈树颤音。

墙的蓝光跟石头们交流,
它像一个吹着口哨送电报的牧羊人那样到来,
而在两棵绿声音的无花果树之间,
荷马穿着无声的鞋爬上来。

只有在这里城市才无声音也无哭泣,
无无尽,无奏鸣曲,无唇,无喇叭,
但有瀑布和狮子的演说,

还有你,你起床、歌唱、奔跑、散步、弯腰、
种植、缝补、烹调、捶打、写信、回来
或刚离开,而这意味着冬天开始了。

39

但是我忘了你的双手
满足根茎,浇灌纠缠的玫瑰,
直到你的指纹如花
在自然的全体平静中盛放。

锄头和水像你的动物
跟随你左右,咬啃和舔食大地。
你就是这样在劳作中放出
繁殖力,康乃馨炽热的新鲜性。

我请求把蜜蜂的爱和荣誉赋予你那双
混淆了它们在土地里的透明血统的手,
它们甚至在我心中展开它们的农业,

使得我像一块烧焦的石头
突然随着你一起歌唱,因为它领受了
你的声音所引导的森林的水。

40

那寂静是绿色的,那光是潮湿的,
六月颤抖如一只蝴蝶;
而在南方的领域,从大海到石头,
玛蒂尔德,你穿过正午。

你满载着含铁的鲜花,
被南方的风折磨然后遗忘的海草,
你那双被吞噬的盐侵蚀裂开
但依然洁白的手,举起沙的谷穗。

我爱你纯净的天赋,你未被接触过的石头的肌肤;
你的在你手指的阳光中呈现的指甲;
你的洋溢着一切欢乐的嘴巴,

啊,为了我的临近深渊的房子,
请赋予我受折磨的寂静的结构,
遗忘在沙里的大海的帐篷。

41

一月的种种霉运,当冷漠的正午
在天空中确立它的方程式,
坚硬的黄金如杯中斟满的葡萄酒
注满大地,直到它蓝色的极限。

这时候的种种霉运就像
把绿色苦味聚在一起的细葡萄,
混乱,隐藏起日子的泪水,
直到恶劣气候将它们一串串暴露。

是的,胚芽、痛苦,所有在一月
啪啪响的光中受惊的搏动的事物
都将成熟,都将燃烧,像燃烧过的果实。

哀伤将分裂:灵魂将敲打
如劲风,而居所将窗明几净,
有新鲜的面包在桌上。

42

绚烂的日子被海水平衡,
浓缩如黄石的内核,
其蜜的辉煌没有摧毁秩序,
而是保存它矩形的纯粹性。

是的,时辰噼啪响,像火或蜜蜂,
而绿色是一种沉浸于枝叶中的工作,
朝向高处的枝叶是一个淡去
并低语的熠熠生辉的世界。

火的渴望,烤焦一大群
用几片叶子建造伊甸园的夏天,
因为黑面孔的大地不想受苦,

只想每个人都有新鲜或火、水或面包,
而什么也不可以分裂人民,
除了太阳或夜晚,月亮和麦穗。

43

我在别人身上寻找你的迹象,
在女人们汹涌激荡的河流里,
发辫,几乎被淹没的眼睛,
在浪沫中轻盈滑行的清澈双脚。

我突然觉得我能够辨认你的指甲,
呈椭圆形,转瞬即逝,樱桃树的侄女们,
然后又是你长发飘忽而过,而我觉得
我看见你的篝火肖像燃烧在水里。

我细看,但没有谁带着你的心跳、
你的光、你从森林里带来的暗黏土,
没有谁竖着你的小耳朵。

你浑然而短暂,你全部是一体,
以这种方式和你一起,我到处漫游并爱上
一条有女性河口的宽阔的密西西比。

44

想必你知道我不爱你又爱你,
因为世间万物皆有两面,
话是沉默的一只翅膀,
火也有其冰冷的一半。

我爱你是为了开始爱你,
重新开始无限
并且永不停止爱你:
这就是为什么我还没爱你。

我爱你又不爱你,就像我手里
拿着一把快乐的钥匙和一个
悲惨又不确定的命运。

我的爱有两个爱你的生命:
这就是为什么我爱你当我不爱你,
为什么我爱你当我爱你。

45

一天也不要远离我,因为怎么说呢,
因为我不知道该怎么说:一天是漫长的,
而我将久久等你,仿佛在火车站
而火车在某个地方沉睡着。

一小时也不要分开,因为
在那小时里一滴滴沉睡会汇聚起来,
而寻找一个栖身之所的烟雾也许
会跑来杀死我这颗失落的心。

啊,愿你的侧影不破碎在沙里,
啊,愿你的眼睑不扑闪在缺席中:
片刻也不要分开,亲爱的,

因为在那瞬间你会不知所终,
我会心神恍惚找遍整个大地,不断问
你会回来吗要把我留在这里等死吗。

46

在所有被河流和云雾湿透了的
我所赞赏的星星之中,
我只选择我所爱的那颗,
此后我就与黑夜同眠。

在浪潮,一股浪潮和另一股浪潮,
绿色的海,绿色的冷,绿色的枝丫中,
我只选择一股结实的浪潮:
你的肉体那看不见的浪潮。

所有水滴,所有根茎,
所有光线迟早,
迟早都会来看我。

我要你把头发都给我。
在我的故乡的全部馈赠之中,
我只选择你那颗野性的心。

47

我希望看见你在我背后的枝丫间。
你一点一点把自己变成果实。
你可以轻易从根茎中升起,
用你那汁液的音节歌唱。

这里你首先会显示在芬芳的花中,
浮现在一个吻的雕像中,
直到太阳和大地、血和天空
授予你欢愉与温柔。

我将在枝丫间看见你的头发,
你那成熟在茂叶里的形象,
把花瓣拢近我的渴望,

我的嘴巴将沾满你的滋味,
那充溢着你恋爱中的果实的血液
从土壤里升起的吻。

48

两个快乐的恋人做一个面包,
草丛中一滴月亮,
走路时他们投下两个合起来的影子,
他们把一个空荡荡的太阳留在床上。

从所有可能的真理之中他们选择白天:
他们不是与线而是与一种馥郁联结,
他们既不撕碎安宁也不撕碎词语。
幸福是一座透明的高塔。

空气和酒伴着这对恋人,
黑夜把幸福的花瓣给了他们,
他们有权享受任何康乃馨。

两个快乐的恋人没有终结没有死亡,
他们在活着的时候生死了很多回,
他们享有大自然的永恒。

49

这是今天,昨天已经坠落
在光的手指与瞌睡的眼睛之间,
明天将踏着绿步而来:
没有谁能阻挡黎明的河流。

没有谁能阻挡你双手的河流,
你梦的眼睛,亲爱的,
你是从垂直的光与暗淡的太阳之间
消逝的时间的颤抖,

而天空收起它覆盖你的翅膀,
捧起你并把你带给我的怀抱,
以准确而神秘的谦恭:

这就是为什么我对白天和月亮歌唱,
对大海,对时间,对所有的行星,
对你日常的声音,你夜间的肌肤。

50

科塔波斯[1]说你的笑声掉落,
像一只鹰从高塔摔下。确实,
你穿过世界的枝叶,带着来自
你天上的家系的一道闪电,

它掉落,切开,而露珠的舌头跳跃,
还有钻石的水域,带着光的蜜蜂;
而在长胡须的寂静居住的地方,
太阳和星星的手榴弹爆炸,

天空随着变黑的夜晚倒塌,
在月光中,钟和康乃馨燃烧,
鞍具匠的马奔跑:

因为细小如你,

---

1 科塔波斯:智利作曲家。

竟让笑声从你的流星疾坠而下，
使大自然的名字也带电。

51

你的笑声让我想起一棵被闪电
划开的树,被一道来自天空的
银色闪电,它撞进树冠里,
用一把利剑把树劈成两半。

只有在落满树叶和雪花的高原
才会产生你这样的笑声,亲爱的,
那是在高处释放的空气的笑声,
是阿劳科人的风俗,亲爱的。

我的高山女性,明显的奇廉人,
用你笑声的利刃割切阴影,
割切夜晚、早晨,正午的蜜,

让落叶的鸟群跃入天空,
当你的笑声像一片挥霍的光
划开生命之树。

52

你歌唱,而在天空和太阳下随着你的歌唱,
你的声音剥掉白天谷粒的壳,
松树用它们的绿色舌头说话:
所有冬天的鸟儿都歌唱。

大海给它的酒窖注满脚步声,
注满铃铛、链条和呻吟,
金属和器皿叮叮当当,
大篷车的四轮嘎嘎作响。

可是我只听到你的声音,而你的声音
带着一支响箭的疾飞和精准升起,
你的声音带着雨的重力降落。

你的声音撒下最高的剑刃,
你的声音带着紫罗兰返回,
然后伴我横渡天空。

53

这里有面包、酒、桌、住宅;
男人、女人和生命的需要:
令人晕眩的平静奔向这里,
普通的炙烤通过这光燃烧。

光荣属于你那双在飞翔中准备着
歌声和厨房的白色成果的手,
欢呼!你奔忙的双脚的完整。
万岁!拿着扫把起舞的芭蕾舞演员。

蕴藏着水和威胁的粗暴河流,
那个受折磨的浪沫之亭,
那些燃烧的蜂巢和暗礁,今天

变成了我血液中你的血液的休息处,
这夜晚般布满繁星和湛蓝的河岸,
这无尽的温柔的简朴性。

下午

54

辉煌的理性,绝对的葡萄串
和笔直的正午的明亮精灵,
我们终于来到这里,没有孤独和寂寞,
远离野蛮城市的谵妄。

犹如纯粹的线条围绕它的鸽子,
而火光用它的营养装饰平静,
你和我也竖起这天上的成果。
理性和爱赤裸裸入住这座房子。

愤怒的梦,苦涩的确定性的河流,
比锤子的梦还坚硬的决定
落入恋人们的双重高脚杯。

直到他们在天平中成双升起,
理性和爱像一对翅膀。
透明便是这样建立。

55

荆棘、碎玻璃、疾病和哭泣
日夜围攻快乐者的蜜。
而高塔或航海或厚墙都没有用:
厄运刺穿睡眠者的平静。

悲伤升起又降落,拿着汤匙逼近
并且没有任何人能免除这种运动,
没有任何出生地,任何屋顶或篱笆:
你必须把这个属性考虑进去。

而在爱恋中,闭上眼睛也没用,
深深埋在床里远离臭味的伤者
或远离一步步夺旗的人,也没有用。

因为生活的打击就像霍乱或河流,
并打开一条血淋淋的隧道,在那里
我们被一个庞大的痛苦家族紧盯着。

56

习惯于看到我背后那个影子
和你的双手从怨恨中透明地抽出,
仿佛它们是从早晨的大海里创造的:
我的爱,盐赋予你水晶的均衡。

妒忌受煎熬、死去,和我的歌一起耗尽。
它的悲哀船长们一个个痛苦挣扎。
我说一声爱,世界便飞满了鸽子。
我的每个音节都带来春天。

接着是你,盛放,我的心,我的爱,
你就像天空的枝叶在我眼睛上方,
而我躺在地面上仰望你。

我看见太阳把花瓣移到你脸上,
仰望高处我认出你的脚步。
玛蒂尔德,亲爱的,皇冠,欢迎!

57

他们撒谎,那些说我丢失月亮的人,
那些预言我有沙一样的命运的人,
他们用冷舌头断言了很多事情:
他们希望禁止宇宙的花朵。

"那条美人鱼的叛逆琥珀已不再
歌唱了,现在他只剩下人民。"
他们咀嚼那些张罗着要遗忘
我的吉他的源源不绝的报纸。

但我把串着你和我的心的,我们的爱情
那炫目的长矛掷向他们的眼睛。
我取回你的脚步遗留下来的素馨。

我在你眼睑下无光的夜里迷失了,
而清晰性包裹我,我获得新生,
成了我自己的黑暗的主人。

58

在文学铁尖头的刀光剑影中
我像一个外国水手到处闲逛,
对拐弯抹角的街道一无所知,
只懂得歌唱,歌唱而不为别的。

从多灾多难的群岛我带来了
我的多风暴的手风琴,一阵阵骤雨,
和自然事物的慢习惯:
它们决定了我这颗桀骜不驯的心。

因此当文坛的犬牙试图
咬住我诚实的脚跟,
我照走不误,毫无知觉,随风歌唱,

走向我童年时代多雨的货栈,
走向难以定义的南方的寒冷森林,
走向我的心充满你的香味的地方。

59.（G.M.）[1]

可怜的诗人们，他们被生和死
以同样阴暗的执拗紧追不放，
然后被消极的盛大排场覆盖，
交付给仪式和那颗葬礼门牙。

现在他们暗如鹅卵石，
跟在傲慢的马匹后面，他们
陆续走着，最终被那些带着助手的
闯入者管控，睡觉而不得安宁。

当他们肯定死者确实已经死了，
便在他的葬礼上举行悲惨的宴会：
有火鸡，有猪，还有其他演说家。

---

1 显然是指女诗人米斯特拉尔。玛蒂尔德后来说，某些官员（可能是指诗中的"闯入者"）在米斯特拉尔的遗体前讲陈腐的话。"她生前反对军政府，死后却被封为将军。反讽还是嘲弄？"

他们跟踪他的死亡然后又冒犯它,
只因为他的嘴巴已经合上,
再也不能以歌声提出异议。

60

你被那个想伤害我的人伤害了,
而针对我的毒药的打击
从我的著作之间穿过,如同穿过一张网
并在你身上留下氧化物和失眠的污渍。

我的爱,我不想让悄悄跟踪我的仇恨
横越你额上那轮鲜花的月亮,
我不想看到人们的怨愤把它无用的
利刃之冠留在你的睡梦里。

我走路时有苦涩的脚步紧跟我,
我大笑时一个狰狞的鬼脸拷贝我的表情,
我歌唱时嫉妒便唾骂、起哄和咬啮。

而这,我的爱,就是生活投给我的阴影:
一套空衣服紧跟我,一瘸一拐地
像一个露出血淋淋微笑的稻草人。

61

爱情拖着它的痛苦尾巴,
它漫长而静止的荆棘光线,
而我们闭上眼睛,这样就不会有什么,
这样就不会有伤口将我们分隔。

这哭泣并非你眼睛的过错,
你的双手并没有刺出这把剑,
你的双脚也没有寻觅这条路:
幽暗的蜜走进了你的心。

当爱像一排巨浪席卷我们,
把我们摔向坚硬的岩石,
用一粒面粉揉我们,

哀伤便落在另一张甜蜜的面孔上,
因此在开放季节的光里,
受伤的春天也就被圣化。

62

倒霉的是我，倒霉的是我们，亲爱的，
我们只要有爱，彼此相爱，
但在如此多痛苦之中它只倾向于
让我们受如此深的伤害。

我们要追求我们自己的你和我，
一片吻的你，一个秘密面包的我，
而一切确实如此，再简单不过，
直到仇恨破窗而入。

他们，那些不爱我们的爱
或任何别人的爱的人，那些可怜
如空房里的椅子的人，他们憎恨，

直到他们纠缠在尘埃里，
而他们那些不祥的面孔熄灭
在逐渐暗淡的黄昏里。

63

我不仅穿过荒原,那里盐岩
像唯一的玫瑰,像一朵被大海埋葬的花;
而且沿着截断积雪的河边行走。
山脉痛苦的峰巅也知道我的脚步。

我野性故乡的纷乱而哨声不绝的地区,
将致命的吻拴在丛林中的藤蔓,
在升高时抛掉寒颤的飞鸟的潮湿悲鸣,
啊,遗失的忧伤和恶劣气候的哭泣的地区!

不仅那有毒的铜皮肤,那伸展
如躺倒的积雪雕像的硝石是我的,
而且藤蔓和春天赏赐的樱桃树

也都是我的,而我也像一颗黑原子那样
属于这些干旱的土地和葡萄里秋天的光,
属于这片被雪的高塔托起的金属故乡。

64

我的生命被这么多的爱染成紫色,
从一个地方到另一个地方,我像盲目的鸟儿,
直到我抵达你的窗口,我的朋友:
你感到一颗破碎的心的低响,

而我从阴影里跃向你的胸脯,
不知不觉就去到小麦的尖塔,
我涌向你的双手间生活,
我从大海跃向你的欢乐。

没有人能计算我欠你什么,爱人,
我欠你什么显而易见,我欠你的
像一条从阿劳科伸来的根,爱人。

无疑我欠你的一切都布满星星,
我欠你的就像荒野上的一口井,
那里时间贮藏着游荡的闪电。

65

玛蒂尔德,你在哪里?我注意到
我领带底下,心脏上方,
我肋骨间有某种忧伤:
那是你突然不在了。

我需要你的能量的光,
我茫然四顾,吞噬希望,
我看着没有你的房子的空虚,
什么也没剩下,除了悲剧性的窗子。

缄默的屋顶倾听
古老、无叶的雨落下,
羽毛,被黑夜囚禁的事物:

我就这样像一座寂寞的房子等待你,
而你将归来,看见我并住进我。
否则我的窗子会隐隐作痛。

66

我不爱你,除了因为我爱你,
而我从爱你抵达不爱你,
从我不等待你时等待你,
我的心经历从寒冷进入火光。

我爱你仅仅因为我爱的是你,
我无尽地恨你,又边恨边乞求你,
而我游荡的爱的尺度就是
看不见你又爱你如一个盲人。

也许一月的光,它残忍的
射线,将消耗我的心,
夺走我那把通往平静的钥匙。

在这个故事中死去的不仅是我,
而我将死于爱因为我爱你,
因为我用血与火爱你。

67

南方的大雨降落在黑岛上
好像是一滴,清晰而沉重,
海洋舒展冰凉的叶子接纳它,
大地领悟高脚杯潮湿的命运。

我的灵魂啊,请在你的吻中给我
这几个月的盐水,土地的蜜,
被天空的一千个嘴唇弄湿了的芬芳,
冬季里海洋的神圣耐性。

什么在呼唤我们,所有的门自动敞开,
水向窗口讲述漫长的谣言,
天空向下生长至触到根须,

于是日子编织又拆散它的天网,
用时间、盐巴、低语、成长、道路,
一个女人、一个男人和大地上的冬季。

68.（船头雕饰）[1]

那个木材做成的女孩,并非赤足走来:
她突然就出现在海滩,坐在砖块上,
她的头缀满古老的海葵,
她的表情有根须的悲哀。

她留在那里,望着我们的公开生活,
望着大地上的运动和存在以及去和来,
白天渐变的花瓣纷纷褪色。她注视
而不看我们,那个木材做成的女孩。

戴着古老波浪的桂冠,她透过
那双遭难的眼睛看着:
她知道我们生活在一个时间和水

和波浪和声响和雨的遥远的网中,

---

[1] 聂鲁达喜好收集船头雕饰,其中一个据说会流真眼泪。

而不知道我们是否存在，或我们是不是她的梦，这就是她的故事，那个木材做成的女孩。

69

也许没有就是没有你在场,
没有你修剪正午像修剪
一朵蓝色的花,没有你稍后
走路穿过雾霭和砖块,

没有握在你手中的光,
也许别人不会视为金黄的光,
也许没人知道正像玫瑰的
红色本源那样生长的光,

总之,没有你在场,没有你突然
充满诱惑地,前来理解我的生活,
玫瑰花丛的疾风,风的小麦,

从此我在,因为你在,
从此你在,我在,我们在,
而通过爱我将在,你将在,我们将在。

70

也许通过你生命的一条光线,
我没有流血地受伤了。
而在丛林中间大水拦住我:
是大雨带着它的天空降落。

然后我触摸那颗雨水般降落的心,
我这才知道是你的眼睛
穿透我的悲伤的辽阔地区,
只有一个影子的低语出现:

它是谁?它是谁?但它没有名字,
那在丛林中间跳动的,一路上
不闻不问的叶子或黑暗的大水,

因此,我的爱,我知道我受伤了,
而那里没人说话,除了那些影子,
那游荡的夜,那大雨的吻。

71

从悲伤到悲伤,爱横越它的群岛,
并扎下后来用泪水浇灌的根茎,
没有人能够,没有人能够逃避
一颗悄悄奔跑、屠夫似的心的脚步。

因此你和我在寻找一道缝隙,另一个
不会有盐粒碰触你头发的星球,
那里痛苦将不会通过我的过错而繁殖,
那里面包能够没有忧烦地生活。

一个被距离和枝叶缠绕的星球,
一片高原,一座残酷而荒凉的岩石,
用我们的双手筑起一个我们所要的

坚硬的巢,没有伤害或言语,
但爱并非如此,爱是一座疯城,
人们在阳台上脸色苍白。

72

我的爱,冬天返回它的营地,
大地确定它的黄色礼物,
而我们的手掠过一个遥远国度,
掠过地理的头发。

今天就走!前进,轮子,船,钟,
被向着群岛的婚礼气味铺展而去的
无限白天镀了钢,被纵向的
快乐谷粒涂了层的飞机。

起来,戴上你的皇冠,咱们走吧,
随着空气和我上去下来奔跑欢唱;
让我们乘搭阿拉伯或托科皮亚[1]的列车,

只为了朝着远方的花粉迁移,

---
1 托科皮亚:安托法加斯塔省的一个海港。

刺穿满是破烂和枳子的村子，
没鞋穿的穷国王在那里统治。

73

也许你会记得那个锋利的男人,
他从黑暗中出现如一把刀,
而在我们知道之前他就知道:
他看见烟并断定它来自火。

那个满头黑发的苍白女人
像一条鱼从深渊里跃出,
而在他们之间他们拿起用无数牙齿
装备的机器来对抗爱。

男人和女人伐倒高山和花园,
他们走向河流,翻越围墙,
将凶残的大炮架上山岗。

那时爱就知道它就叫爱。
而当我把我的目光投向你的名字,
你的心突然安排好我的道路。

74

被八月的水湿透的道路
闪耀,好像在满月里、在苹果的
完全清晰里、在秋天水果的
正中间切开似的。

雾,空间或天空,白昼模糊的网
随着冷梦、声响和鱼扩展,
岛屿的蒸气与该地区战斗,
大海在智利的光上跳动。

一切浓缩如金属,枝叶躲藏,
冬天隐瞒它的血统,
而我们仅仅是不断地盲目,仅仅是。

仅仅是服从那条幽静的小径,
运动、告别、旅行、道路的小径:
再见,大自然落下泪水。

75

这就是那房子,那大海和那面旗。
我们曾沿着其他围墙游荡。
我们找不到门,也找不到离开
以来的声音,仿佛那是死亡的声音。

房子终于敞开它的寂静,
我们进去,踏过废弃的物件,
死老鼠,空虚的告别,
在管道里哭泣的水。

它哭泣,这房子日夜哭泣,
与蜘蛛们一起呻吟,半掩着,
它随着它的黑眼睛剥落,

而现在我们突然使它复活,
我们住进来而它认不出我们:
它需要开花,而它忘记了。

76

迭戈·里维拉[1]以一头熊的耐性
在油画中寻觅森林的祖母绿,
或在朱红色中寻觅鲜血突来的花朵;
他在你的肖像中收集世界的光。

他描绘你的鼻子的专横服装,
你逃逸的瞳孔的火花,
你助长月亮的嫉妒的指甲,
和你的夏天肌肤里的甜瓜嘴巴。

他赋予你两个火山头,它们
被火,被爱,被阿劳科人的血统点燃,
而在那两个金色的黏土脸孔上,

他给你戴上一个烈火盔甲,

---
1 迭戈·里维拉:墨西哥画家,聂鲁达任智利驻墨西哥总领事时认识他。

而我的眼睛秘密地留在那里，
在他完成的高塔，你的头发里。

77

今天是今天,带着过去所有时间的重量,
带着将成为明天的一切事物的翅膀,
今天是大海的南方,水的老年
和新一天的组成部分。

你那朝着光或月亮抬起的嘴巴
又增添了一个失去的白天的花瓣,
而昨天穿过变暗的街道匆匆赶来,
使我们可以回忆它死去的脸容。

今天、昨天、明天在行走中被吞噬了,
我们消耗一天如同消耗一头燃烧的牛,
我们那些时日不多的家畜等待着,

但时间把它的面粉撒入你心里,
我的爱以特木科的黏土筑起一个火炉:
你是我灵魂每天的面包。

78

我没有不再,我没有永远。胜利
在沙里留下它失去的脚。
我是一个随时准备爱他的同胞的穷人。
我不知道你是谁。我爱你。我不派发或售卖荆棘。

也许有人知道我不编造血淋淋的
冠冕;知道我与嘲笑搏斗,
知道我把我灵魂高涨的潮水注入真理。
我以鸽子回报卑劣。

我没有永不,因为我不一样,过去如此,
现在如此,将来也如此。我以
我那多变的爱的名义宣告纯洁性。

死亡不过是遗忘的石头,
我爱你,我在你的嘴巴里吻着欢乐。
让我们拾柴去。我们将在山上生火。

夜 晚

79

夜里,亲爱的,把你的心拴紧我的,
两颗心将在睡梦中击败黑暗,
像森林里的一个双面鼓,
对着湿叶的厚墙擂打。

夜间旅行:睡眠的黑余烬
拦截大地的葡萄串,
准时如一列不停地拖运
阴影和冷石的疯狂列车。

因此,爱人,把我拴上纯洁的运动,
拴上以一只被淹没的天鹅的翅膀
在你胸脯里扑拍的那种坚韧,

这样我们的睡梦将可以回答天空
那些繁星般的问题,就以一把钥匙,
以一扇已经被阴影关闭了的门。

80

我从旅行和忧伤回来了,亲爱的,
回到你的声音,回到你飞翔在吉他上的手,
回到那股以吻打断秋天的热火,
回到天空中黑夜的循环。

我为所有的人要求面包和王国,
我为没有运气的农民要求土地,
但愿没有人期望我停息我的血或我的歌。
但我至死也不能没有你的爱。

那就弹奏宁静月亮的华尔兹吧,
弹奏吉他之水里的船歌,
直到我低垂着头颅做梦:

因为我生命中的全部失眠编织了
这个凉棚,你的手在那里生活和飞翔,
守望着这个沉睡的旅行者的夜晚。

81

你已经是我的了。和你的梦一起在我梦里休息吧。
现在爱、忧伤、杂务都该入睡了。
夜晚转动它看不见的轮子,
而你在我的身边纯洁如入睡的琥珀。

没有别的人,爱人,会和我的梦一起入睡。
你会走,我们会一起走,穿过时间的水域。
没有别的人会和我一起穿过阴影,
只有你,永远活力充沛,永远太阳,永远月亮。

你的双手已经摊开小巧的双拳,
没有方向地掉下柔软的示意,
你的双眼紧闭如一对灰色翅膀,

而我尾随你带来和来带我的水:
夜晚、世界、风都在绕着命运的线团,
而现在没有你,我无非是你的梦。

82

我的爱,关上这扇夜间之门的时候,
我邀请你,踏上穿过一个晦暗场地的旅程,
关上你的梦,带着你的天空进入我的眼睛,
在我血液中延伸你自己,像一条宽阔的河流。

那落入过去日子的
布袋里的残忍清晰性
向钟表或橘子的每一条光线说再见,
祝你健康,啊影子,时断时续的友伴!

在这艘船中或水中,或死亡中或新生中,
我们再次连成一体,入睡,复活:
我们是血中黑夜的夫妇。

我不知道谁活着或死去,谁休息或醒来,
但我知道是你的心在我胸膛里
派发黎明的礼物。

83

多好啊,爱人,在夜里感到你紧靠着我,
你隐身于睡眠,庄严地属于夜间,
而我解开我种种忧烦,
仿佛它们是混乱的网。

你的心不在场,穿过梦扬帆而去,
但你的肉体因此被抛弃,呼吸着,
摸索我而又看不见我,完成我的睡眠,
像一株植物在阴影里重复自己。

当你起来,你将摇身活在明天,变成另一个人,
但是对于在夜里丧失的边境,
对于我们所置身的这存在与非存在,

却有某种事物遗留下来,使我们在生命的光中
靠得更近,仿佛黑暗的封印用一把火
揭开它的秘密生物。

84

再次,爱人,白天的网熄灭了
工作、轮子、火苗、鼾息、告别,
我们向黑夜屈服,交出正午从光
和大地那里夺取的翻腾的麦浪。

只有月亮在它纯洁的纸的中央
维系天空入海口的巨柱,
房间采纳了黄金的缓慢,
而你的双手忙个不休,准备夜晚。

啊爱,啊夜晚,啊被一条由不可穿透的水
构成的河流关掉的圆顶,耸立在
把暴风雨般的葡萄显露又淹没的天空的阴影中,

直到我们仅仅是一个幽暗空间,
一只高脚杯,落满天体的尘埃,
一条缓慢而漫长的河流的脉搏里的一滴水。

85

迷雾从大海奔向大街,犹如藏身于
严寒之中的公牛呼出的热气,
水的长舌头累积,封住了那张允诺
给予我们天堂般的生活的嘴巴。

初秋,嗡嗡响的树叶的蜂房,
当你的旗帜在城市的上空颤抖着,
疯狂的女人们向河流唱起告别的歌,
马匹朝着巴塔哥尼亚高原[1]嘶鸣。

你脸上有一棵黄昏的葡萄树
悄悄攀缘,被爱抬起来
举向天空的嗒嗒响的马蹄。

我朝着你夜间的肉体之火俯身,

---
1 巴塔哥尼亚高原:位于南美大陆最南端。

我爱的不仅是你的乳房,而且还有秋天,
它把深蓝色的血液扩散到迷雾中。

86

啊,南十字[1],啊,闪烁着芬芳的磷光的三叶草,
今天它以四个吻渗透你的美,
并越过阴影和我的帽子:
月亮在寒冷中圆圆移动。

然后随着我的爱人,随着我亲爱的,啊,
蓝霜的钻石,天空的宁静,
镜子:你现身了,而黑夜装满了
你四个颤动着的酒窖。

啊,一条光洁的鱼的跳动的银子,
绿十字,明亮阴影的欧芹,
被迫接受天空的完整性的萤火虫,

在我身上休息吧,让我们闭上你和我的眼睛。

---

1 星座名。又称为南十字(星)座。

与这人类之夜同眠,一刻钟也好。

在我身上点亮你那四个星座似的数字。

87

三只海鸟,三道光线,三把剪刀
横越严寒的天空,直奔安托法加斯塔[1],
这就是为什么空气还在颤抖,
为什么一切颤抖如一面受伤的旗。

孤独啊,告诉我你那持续不断的源头的标志,
告诉我残酷鸟儿的路径,
还有那显然先于蜂蜜和音乐,先于
海洋和诞生的心悸。

(孤独由一张恒定的面孔支撑,
像一朵宁静的花无休止地扩展,
直到它包含大量纯粹的天空。)

大海寒冷的翅膀,群岛寒冷的翅膀,

---

[1] 安托法加斯塔:智利中北部省份。

朝向智利西南部的沙滩飞去。

黑夜拴紧它天庭的插锁。

88

三月带着它隐藏的光归来,
巨大的鱼滑过天空,
模糊的大地蒸气悄悄爬行,
所有事物纷纷落入寂静。

幸而在这游荡的空气的危机中,
你把海的生命连给火的生命:
冬季的船的灰色运动,
爱情印在吉他上的形状。

啊爱人,被美人鱼和泡沫濡湿的玫瑰,
舞蹈着的火:爬上看不见的楼梯,
叫醒了失眠隧道里的血液,

使得波浪被消耗在天空里,
大海忘记它的商品和狮子,
世界落进黑暗的网里。

89

当我死去,我要你的双手覆盖我的眼睛,
我要你那双亲爱的手上的光泽和小麦
再一次把它们的新鲜传递给我:
我要感受那改变我的命运的柔软。

我要你活下去而我在沉睡中等待你,
我要你的耳朵继续倾听风声,
我要你嗅起我们共同热爱的大海的香味,
我要你继续踏上我们一起踏过的沙滩。

我要我所爱的事物保持活力
而我爱你,而我歌唱所有事物,
那就继续开花继续繁盛吧,

这样你就可以触及我的爱要你去触及的一切,
这样我的影子就可以在你的发丛中闲荡,
这样所有人就会明白我歌唱的理由。

90

我想到死,我感到寒冷逼近,
而在我生活过的一切之中我只剩下你:
我尘世的白天和黑夜是你的嘴巴,
而你的肌肤是我的吻创建的共和国。

在那一瞬间书本终结了,
还有友谊,成年累月贮积的宝物,
你和我共同营造的透明房子:
一切终结,除了你的眼睛。

因为爱人啊,当生活催逼我们,
那只是波浪之上的一股高波浪,
但是啊,当死亡前来敲门,

却只有你的目光应付如此多空虚,
只有你的明亮面对非存在,
只有你的爱关闭黑暗。

91

年龄掩盖我们如同毛毛雨,
冗长而乏味的是时间;
一根盐的羽毛触到你的脸;
一滴渗水腐蚀我的外套。

时间无法在我的双手与你
双手里橘子的飞翔之间做出区别;
生命用雪花和鹤嘴锄打击:
那也是我的生命的你的生命。

我那给了你的生命充满
累累年轮,像一串果实沉甸甸。
葡萄将回归大地。

而即便是在那下面,时间也继续存在,
等待着,雨点般落到尘土上,
急着要把不在场也抹掉。

92

我的爱,如果我死了而你没有,
我的爱,如果你死了而我没有,
我们不必给痛苦更多的领土,
再辽阔也比不上我们生活过的。

小麦里的尘,时间的沙中
之沙,游荡的水,慵懒的风
承载我们像扬帆驶去的谷粒。
我们也很可能不会在时间里找到彼此。

这片让我们找到彼此的草地,
啊,小小的无限!我们归还。
但是爱人,这爱还没有完,

就像它不曾诞生,它也
没有死亡,它就像一条长河,
它仅仅改变土地和嘴唇。

93

如果哪一天你胸脯停止,
如果有什么不再在你血脉里流动燃烧,
如果你口中的声音没有变成话就离去,
如果你的双手忘记飞翔并沉沉睡去,

玛蒂尔德,我的爱,那就让你的双唇微微张开,
因为那最后的吻必须留下来陪我,
它必须永远停留在你的嘴巴里,
好让它也随我一起进入冥界。

我将吻着你那疯狂的冷嘴巴死去,
拥抱你肉体那丧失的花束,
寻觅你那紧闭的眼睛的光。

这样,当大地接受我们的拥抱
我们将在一体的死亡中融合,
从此活在一个吻的永生中。

94

如果我死了,你要带着这样一种纯洁力量
活下去,唤醒苍白者和寒冷者的愤怒,
从南方到南方抬起你不灭的眼睛,
从太阳到太阳让你的吉他嘴巴发声。

我不想让你的笑声或脚步声犹豫,
我不想让我那欢乐的遗产也死去;
不要向我的胸膛呼唤,我不住在那里。
我住在我的缺席里就像住在房子里。

缺席是这样一座大房子:
你在里面走动要穿墙而过,
把照片悬于清澄的空气里。

缺席是这样一座透明房子:
无生命的我也能看见你活着,而如果
你受苦,我的爱啊,我将再死一次。

95

有谁像我们这般相爱？让我们
寻觅那焚毁的心的古老灰烬，
让我们的吻纷纷在那里飘落，
直到那无人居住的花朵复活。

让我们爱那耗尽了自己的果实，
并随着一种脸和力量坠到地上的爱：
我和你是那持续的光，
是它不可动摇的柔软麦穗。

让我们把一个新苹果的光，
把新伤口打开的鲜嫩的光，移近
那被如此多的寒冷天气，被雪和春天，

被遗忘和秋天埋葬了的爱，
如同那古代的爱为了被埋葬的
嘴巴的永生，而在寂静中走着。

96

我想,这个你爱上我的时期
将会逝去,将被另一个蓝色时期取代:
另一种肌肤将包裹同样的骨,
另一些眼睛将看到春天。

那些束缚这个时辰的人,
那些跟烟雾交谈的人,
官僚、商人、过客,
将继续在他们的线索中活动。

那些戴眼镜的残酷偶像将离去,
那些挟着书本的多毛食肉动物,
那些蚜虫和琶瑟喽[1]蜂鸟。

当大世界被洗涤一新,

---

[1] 据说"琶瑟喽"影射乌拉圭诗人、外交家里卡多·帕谢罗,是"左翼知识分子们的死敌",也是聂鲁达的长期诋毁者。

另一些眼睛将在水中诞生，
小麦将抹掉泪珠生长。

97

在这时代你必须飞,但飞去哪儿?
没有翅膀,没有飞机,毫无疑问要飞:
脚步声已徒劳地经过;
他们并没有抬起旅行者的双腿。

在每个瞬间你必须飞,
像鹰隼,像苍蝇,像日子:
你必须征服土星的眼睛,
并在那里建造新钟。

鞋子和道路已不够好,
地球已不能满足漫游者,
根茎已经越过黑夜,

而你将出现在另一个星球,
坚决地短暂,
最后变成一株罂粟。

98

而这个词,这张
被一只手的千万只手写的纸,
并没有留在你的身上,对梦也没有作用,
它掉落在大地上:在那里继续着。

光或赞美溢满并流出杯子,
那又有什么关系呢;
如果它们是酒的顽固的震颤,
如果你的嘴巴沾染了苋菜红。

它不再需要迟到的音节,
我记忆的礁石带来
又重新带来的,是愤怒的浪沫,

它无非是想要写你的名字。
而即便我阴郁的爱让它保持沉默,
稍后春天也会说出它。

99

另一些日子将来临,植物
和星球的沉默将被理解,
有多少纯洁的事物将发生!
小提琴将有月亮的气味!

或许面包会像你,
它会有你的声音,你小麦的状态,
而其他事物会用你的声音说话:
那些丢失的秋天马匹。

即便这不见得就是你想要的,
爱也将充满巨大的木桶,
如同牧羊人古老的蜂蜜,

而在我心灵的尘埃里
(那里将有许多大仓库),
你将来回穿行于甜瓜中间。

100

在大地中央我将移开
祖母绿,以便发现你,
你将用报信人的清水之笔
抄写植物的青青枝柯。

怎样一个世界!怎样一种深沉的欧芹!
怎样一艘在温柔中航行的船!
而你还有我也许竟是一块黄玉!
在众钟之中将不会有纷争。

将不会有什么,除了全新的空气,
风中摇晃的苹果,
凉棚里多汁的书本,

而在康乃馨呼吸的地方,
我们将创建一套服装,经得起
一个胜利之吻的永生。

附录一　聂鲁达生平

巴勃罗·聂鲁达原名内夫塔利·里卡多·雷耶斯·巴索阿尔托,1904年生于智利南部帕拉尔。父亲是一名铁路职员,母亲是一名教师,但在聂鲁达出生不久,母亲便逝世了。父亲后来搬去特木科,在那里再婚。聂鲁达的童年时代在特木科度过,并结识在那里担任女子中学校长、后来获得诺贝尔文学奖的女诗人米斯特拉尔。虽然父亲反对他写作,但他1917年就开始发表文章,1918年首次发表诗作。1920年采用笔名"巴勃罗·聂鲁达"。

1921年他前往圣地亚哥,就读于智利大学,学习法语和教育学。在圣地亚哥期间,他出版了震惊文坛并最终使他享誉世界的《二十首情诗和一首绝望的歌》,这部杰作使他成为爱与情欲的诠释者。但他仍然很贫困,遂于1927年至1943年,先后出任智利驻仰光、科伦坡、巴达维亚(雅加达)、新加坡、布宜诺斯艾利斯、巴塞罗那、马德里、巴黎和墨西哥城领事。他在亚洲的外交官生活极其艰苦和孤独,对他产生了深刻的影响,并反映在他具有强烈超现实主义色彩、在文学上取得重大突破的诗集《大地上的居所》第一部和第二部里。

西班牙内战和诗友洛尔迦遭谋杀,深刻地影响了聂鲁达,导致他先是在西班牙,继而在法国加入共和派,并在法国写作《西班牙在我心中》(1939),这些诗后来被纳入《大地上的居所》第三部——《第三居所》(1947)。1940年他在担任驻墨西哥总领事期间,开始改写他的《智利总歌集》,把它发展成一部描写关于南美大陆的自然风光、人民和历史命运的史诗。这部诗集由十五组诗构成,最终定名为《总歌集》(1950)。这些诗几乎都是聂鲁达在国外期间的艰难环境下写的。

聂鲁达1943年返回智利,1945年加入智利共产党,同年成为参议员。1947年,由于聂鲁达抗议总统魏地拉对罢工的矿工采取压制政策,他被迫在自己的祖国躲藏了两年,直到1949年成功出逃,在欧洲不同国家流亡。1952年政府取消对他的通缉令,他返回祖国。1965年,他成为牛津大学第一位获得荣誉学位的拉丁美洲人。1967年,阿连德当选智利总统,他被任命为智利驻法国大使。1971年,聂鲁达获得诺贝尔文学奖。1973年他在圣地亚哥逝世。

附录二 著作目录

《黄昏集》(1923)

《二十首情诗和一首绝望的歌》(1924)

《无限男子的冒险》(1926)

《居住者及其希望》(1926,小说)

《指环集》(1926,散文诗,与人合著)

《热情的投石手》(1933)

《大地上的居所》(1933,第一部)

《大地上的居所》(1935,第二部)

《第三居所》(1947)

《总歌集》(1950)

《船长的诗》(1952)

《葡萄与风》(1954)

《元素颂》(1954)

《旅途集》(1955,散文)

《新元素颂》(1956)

《第三颂集》(1957)

《异想集》(1958)

《航海与归来》(1959)

《100首爱情十四行诗》(1959)

《英雄事迹赞歌》(1960)

《智利的石头》(1961)

《典礼之歌》(1961)

《全权》(1962)

《黑岛记事》(1964)

《鸟的艺术》(1966)

《沙上的屋子》(1966)

《船歌》(1967)

《华金·穆利塔的荣耀与死》(1967,歌剧)

《吃在匈牙利》(1968,诗文集,与人合著)

《白天的手》(1968)

《依旧》(1969)

《世界末日》(1969)

《燃烧的剑》(1970)

《天空的石头》(1970)

《通向辉煌的城市》(1972,散文,诺贝尔文学奖受奖演说)

《不毛之地》(1972)

《呼吁处死尼克松和赞美智利革命》(1973)

《海与钟》(1973,遗著)

《孤独的玫瑰》(1973,遗著)

《2000年》(1974,遗著)

《冬天的花园》(1974,遗著)

《黄色的心》(1974,遗著)

《疑问集》(1974,遗著)

《哀歌》(1974,遗著)

《疵品选》(1974,遗著)

《我承认,我历尽沧桑:回忆录》(1974,遗著)

图书在版编目（CIP）数据

聂鲁达情诗 /（智）巴勃罗·聂鲁达著；黄灿然译. -- 北京：中信出版社，2024.1
书名原文：100 LOVE SONNETS
ISBN 978-7-5217-5086-7

Ⅰ.①聂… Ⅱ.①巴…②黄… Ⅲ.①诗集－智利－现代 Ⅳ.① I784.25

中国国家版本馆 CIP 数据核字 (2023) 第 205752 号

本书仅限中国大陆地区发行销售

聂鲁达情诗

著者： [智利] 巴勃罗·聂鲁达
译者： 黄灿然
出版发行：中信出版集团股份有限公司
（北京市朝阳区东三环北路 27 号嘉铭中心　邮编　100020）
承印者： 山东临沂新华印刷物流集团有限责任公司

开本：787mm×1092mm 1/32　　印张：6.5　　字数：65 千字
版次：2024 年 1 月第 1 版　　印次：2024 年 1 月第 1 次印刷
书号：ISBN 978-7-5217-5086-7
定价：65.00 元

版权所有·侵权必究
如有印刷、装订问题，本公司负责调换。
服务热线：400-600-8099
投稿邮箱：author@citicpub.com